Enquêtes aux jardins

Les empoisonneurs

Guillaume Le Cornec
& Romain Veilletet

ENQUÊTES AUX JARDINS

Les empoisonneurs

1

PLEIN VENT

Éditions du Rocher
28, rue Comte Félix Gastaldi – BP 521 – 98015 Monaco

Quêtes en enquêtes Policier
Collection dirigée par Guillaume Le Cornec

www.editionspleinvent.fr

ISBN : 978-2-492547-13-3
EAN Epub : 9782492547225

1
INTEMPÉRIES

Ça menaçait. Oh, oui, ça pour menacer, ça menaçait. Depuis deux bonnes heures. Donc forcément, à un moment… BAOUM ! La foudre et le tonnerre frappèrent en même temps. Le fracas assourdissant et l'onde quasi sismique de cette attaque concertée firent sursauter la classe comme un seul homme. Un craquement de chêne foudroyé puis des trombes d'eau. Des cordes de pluie épaisses vinrent fouetter les vitres du collège Sophie-Germain, établissement pimpant situé au 19, mail Pablo Picasso, à Nantes. La salle 202, posée au bout du couloir du deuxième étage du collège, ne fut pas épargnée. Les élèves de la classe de 5e Giacometti, du nom du sculpteur, y suivaient un cours de SVT, quoique le verbe « suivre » était sans doute exagéré à en juger par la cinquantaine de paupières presque closes qui s'ouvrirent toutes en un mouvement réflexe au moment de la détonation.

La sonnerie retentit et se mêla à un nouveau coup de tonnerre. L'une notifiait la fin des cours, l'autre annonçait un redoublement de la pluie, si la chose était possible. Bousculades, cris, courses dans les escaliers escortèrent les adolescents vers la sortie. La salle 202 s'était vidée à une vitesse record, comme un évier auquel on aurait retiré sa bonde. Seule une élève et la professeure prenaient le temps de ranger leurs affaires.

– Drôle de temps ! soupira l'enseignante, une chaleur et un orage de cette ampleur, en plein mois d'octobre…

– Certains disent que la Terre est plate, d'autres que le réchauffement climatique est une invention des Chinois…

La prof darda un regard intrigué et amusé sur cette brillante élève solitaire. Emma était une jeune fille singulière, d'une maturité et d'une intelligence hors du commun et qui semblait ne pas avoir besoin des autres pour être heureuse. Emma avait la botanique dans le sang. Elle en savait presque plus qu'elle dans certains domaines. Un ovni.

– Qui a dit ça ?

– Dit quoi ? Terre plate ou Chinois ?

– Que le réchauffement climatique était une invention des Chinois ?

– Le président des États-Unis *himself* ! L'Homme Aux Cheveux Orange a un rapport à la réalité assez mince, vous ne trouvez pas ?

La prof de biologie s'esclaffa.

– Tu es sérieuse, Emma ?

– Hélas oui…

– Seigneur… Il nous aura tout fait celui-là ! Allez, ne traîne pas. Rentre vite chez toi. Et sois prudente à vélo sous ce déluge.

– Ne vous inquiétez pas.

Emma salua la prof, descendit tranquillement les escaliers et alla chercher son VTT sous le grand auvent. La pluie ne l'avait jamais gênée. Elle franchit les grilles du collège en adressant un bref salut aux deux surveillants qui la virent à peine, trop pressés de regagner un endroit sec. Peu lui importait. Selon un rituel immuable, elle effectuerait une halte plus ou moins longue dans les allées verdoyantes du Jardin des plantes. Le jardin botanique de la ville, accroché au-dessus de la gare, son jardin. Il était à elle. Elle ne faisait que tolérer, magnanime, la présence des visiteurs dans SES allées. C'était sa deuxième maison, son refuge, sa source d'inspiration. Rien n'aurait pu empêcher cette virée quotidienne. Quelques bourrasques et un peu d'eau ? Laissez-la rire !

– Allez, Em', mets le turbo ! se dit-elle en luttant contre des rafales capables de la faire décoller à tout moment.

Elle appuya sur les pédales avec une énergie décuplée. La pluie tombait dru, s'arrêtait, reprenait. Le temps était branché en courant alternatif ! Plus qu'une cinquantaine de mètres à parcourir et c'était gagné. Le parc serait sa récompense. Du moins le croyait-elle !

« Par arrêté préfectoral, en raison des intempéries ne garantissant pas une sécurité totale des visiteurs, l'accès au Jardin des plantes sera interdit durant l'épisode orageux. »

– Pardon !!! Non, non, non, ce n'est pas possible. C'est une blague ! Il y a erreur, inévitablement.

Sous une protection de plastique, une feuille de papier au format A4 portant le sceau de la préfecture était accrochée sur les grilles closes et annonçait ce qu'Emma ne pouvait absolument pas concevoir.

– Non, mais ils plaisantent là ! Trois gouttes de pluie ridicules et ils ferment !

Elle aurait bien voulu trouver le numéro personnel du préfet pour lui dire sa façon de penser. Quel plouc, celui-là ! Le regard fixé sur le mot interdit, une main serrant fortement le papier qu'elle brûlait d'envie d'arracher, elle sentit une colère froide éclore comme une fleur sauvage dans sa poitrine. Ses chaussures, ses vêtements, ses longs cheveux roux, lourds de pluie, lui collaient au corps. Le vent chahutait tout ce qu'il trouvait sur son passage. Sauf elle, qui restait statufiée sous l'orage. Elle s'ébroua, ramassa son vélo et s'élança, bien décidée à trouver un accès ouvert. Les entrées du parc ne manquaient pas. L'une des quatre serait ouverte, c'était inévitable. Elle fit le tour. Évidemment sans succès. Elle s'arrêta devant l'entrée de la rue Gambetta.

– C'est du délire cette fermeture ! Je suis certaine qu'il n'y a aucun danger.

Ben voyons! Le spectacle alentour foutait les jetons et la sagesse la plus élémentaire commandait à tous de se mettre à l'abri. Les cimes des grands arbres tanguaient dans le ciel, les bourrasques envoyaient tout valdinguer, faisaient voler les poubelles... Emma avait dégainé sa mauvaise foi sous le coup de la colère, mais ce n'était pas ça qui déverrouillerait le parc. Elle agrippa à deux mains les grilles cadenassées et les secoua avec force, comme une possédée aux prises avec trois tonnes d'acier. Son petit manège commençait à éveiller la curiosité. Elle aurait donné tout le thé de la Chine pour éclater cette porte. Une grande main vint se poser sur son épaule.

– Viens petite, tu ne gagneras que de la fièvre à rester ici, prononça une voix.

Elle sursauta et se retourna en un éclair. Elle reconnut le patron de la petite brasserie qui faisait face au jardin. Elle se décontracta aussitôt. C'était un homme doux et drôle qui lui avait offert plusieurs fois un verre d'eau ou une limonade et quelques bons mots quand il l'avait croisée en nage cet été. D'un bras, l'homme lui offrit son aide et, de l'autre, saisit le vélo. Toute colère l'abandonna. Elle se laissa guider vers le café situé sur le trottoir opposé. Elle accepta la chaise qu'on lui offrit, un peu hébétée, ainsi que la tasse de chocolat fumant qui atterrit sur la table vingt secondes plus tard. Elle s'ébroua, elle frissonna, ses habits dégoulinaient.

– Attends que ça se calme et rentre chez toi te mettre au sec. Je vais te prêter un ciré, tu me le rapporteras demain...

– Merci monsieur, mais ça va aller…

– Bien sûr que ça va aller. Si tu bois ce chocolat et que tu mets ce ciré, tout va aller nickel…

Elle sourit. Le patron était placide, mais son regard disait bien qu'il était vain de refuser son offre. Elle but donc son chocolat en se brûlant et accepta le ciré. Elle enfila le manteau jaune – l'abri du marin disait l'étiquette – et remercia son sauveur avec un sourire plein de soleil.

– Je vous le rapporte demain.

– Y'a intérêt !

La pluie cessa brusquement. Comme par magie. Avant de sortir, elle avisa un homme silencieux installé à une table tout au fond du bar, qu'elle n'avait même pas remarqué. Elle ne vit que ses yeux, le reste de son visage était plongé dans la pénombre. Quel regard ! Fiévreux, furieux, fixé sur les grilles du parc… « M'étonnerait pas que celui-là veuille aussi parler au préfet ! » se dit-elle *in petto* en détournant les yeux avant que le Regard ne la détecte. Si elle voulait profiter de l'accalmie, c'était maintenant. Elle envoya un salut enjoué et fila dans l'air moite et tropical d'un mois d'octobre déboussolé. Elle passa un coup de manche sur la selle de son vélo pour enlever les gouttes et l'enfourcha d'un geste leste. Elle arriva chez elle moins de deux minutes plus tard !

Cent quatre-vingts mètres carrés qu'elle partageait avec trois inconnus : une sœur de huit ans son aînée – Flavie – qui bachotait dans une prépa quelconque et avec laquelle les relations étaient stables, c'est-à-dire quasi inexistantes ; un père – Stanislas – toujours en voyage, « start-upper » dans le secteur des drones – « je dois lever des fonds pour accélérer le moment du retour sur investissement et crédibiliser mon business plan » – ; et une mère – Carla – créatrice de vêtements hors de prix pour des maisons de haute couture célèbres, qui lui donnaient des sommes indécentes pour réaliser des robes importables. Sa mère, plus cybernétique qu'humaine, l'œil constamment vissé sur une tablette numérique, une oreillette en guise de tympan, accueillit l'arrivée d'Emma d'un geste vague. Absorbée par ses conversations multiples, madame Le Cunff ne prêta pas la moindre attention à sa fille qui rentrait, un soir de pluie torrentielle, les cheveux trempés et vêtue d'un ciré jaune qui ne lui appartenait pas.

Rien de neuf sous le soleil. Emma était habituée. Elle n'en souffrait plus. Plus vraiment.

Sa virée quotidienne au parc lui manquait en revanche, ça c'était clair, net, mathématique. Le préfet lui avait volé sa bouffée d'oxygène. La peine de mort était requise. Emma eut la vision fugace d'un homme en costume sombre avalé par un sarracenia géant, une plante carnivore tueuse de frelons asiatiques – un pied pouvait en tuer 50 disait-on – qui vivait en masse en haut du jardin. À ce moment, elle aurait aimé disposer d'un spécimen dopé capable de bouffer un préfet en exercice !

– Journée bien pourrie ! pesta-t-elle en balançant son sac à dos sur la moquette gris perle de sa chambre.

Elle se laissa tomber sur son vaste lit, alluma son téléphone portable et fit glisser son doigt jusqu'à l'icône souhaitée.

– À défaut de réel, un peu de virtuel…

À quelques centaines de mètres, dans un autre appartement, l'ambiance n'était pas meilleure…

– Mais qu'est-ce qu'on est venu foutre dans ce bled affreux ?

Lucas pestait. Il vivait à Nantes depuis deux mois à peine et il détestait cette ville. Avant même de la découvrir il l'avait détestée. Par principe. Comme toutes les villes. Celle-ci n'échappait pas à la règle. Il avait grandi sous le soleil des Landes, quelques centaines de kilomètres plus au sud, non loin des terres chaudes d'Espagne. Rien d'autre ne trouvait grâce à ses yeux que les immenses forêts de pins et l'océan furieux. Ces pins qui montaient si haut qu'ils semblaient pouvoir griffer les nuages. Une vie de plein air aux senteurs de résine qui n'avait rien à voir avec l'atmosphère bruyante, polluée et irrespirable dans laquelle on l'avait jeté. Pourquoi venir aux portes de la Bretagne ? Pourquoi s'imposer un climat où la pluie menaçait trois jours sur quatre et trouvait un moyen de s'inviter parfois le quatrième ?

– J'en ai ras le bol d'être ici. Ça craint.

Chaque soir, Lucas faisait les mêmes remarques. Et chaque soir sa mère – Claire Destac, ex-Delvignes – lui servait les mêmes réponses.

– Parce que ton père et moi nous nous sommes séparés, Lucas. Tu le sais. Et parce que j'ai trouvé du travail ici. Tu le sais également.

– Et parce qu'un tribunal a décidé de mon sort sans même me demander mon avis. Ça aussi je le sais ! s'emporta-t-il avant, comme à chaque fois, de clore la discussion par une porte de chambre qui claquait.

Ambiance.

Nantes, pour Lucas, se résumait à un club de football dont lui avait parfois parlé son grand-père et une chanson triste qu'écoutait souvent sa grand-mère. Rien d'autre.

Grand brun à la peau tannée, l'adolescent n'avait aucune attirance pour les sports de balle. Son corps svelte et musclé s'était développé en aidant son grand-père paternel aux travaux de la ferme et des champs. Que le soleil le brûle ou que la pluie le trempe jusqu'aux os, cela ne le dérangeait pas, dès lors que cela se déroulait à la campagne. Il n'aimait rien davantage que poser une main sur l'écorce d'un tronc, fermer les yeux, et ressentir vibrer la force de l'arbre. Ses pins lui manquaient. Les Landes lui manquaient. Son grand-père lui manquait. La ville l'étouffait. Sauf le petit poumon vert qu'il s'était dégotté.

Depuis le déménagement, il avait pris l'habitude de rechercher les espaces verts de sa ville d'adoption. Le CRAPA, un parc sauvage installé à la pointe est de l'île de Nantes, avait été sa planche de salut. Il l'avait quadrillé, exploré, en connaissait chaque recoin désormais. Il fallait passer à autre chose. Trouver un autre parc à découvrir. Le Jardin des plantes ne l'attirait pas. Trop propre, trop rangé. Pourtant, il s'était décidé à y conduire une exploration poussée. Peut-être y dénicherait-il quelque recoin perdu où il pourrait se cacher. Ce serait une aubaine car le jardin touchait presque leur appartement.

Ce jour-là, pas de balade possible. La tempête faisait rage. Les parcs étaient fermés. Sa seule distraction lui était retirée. Lucas l'avait mauvaise et il était en pétard contre la terre entière. Il avait filé dès la fin des cours. Sa classe le gonflait. 5e Hanson. Duane Hanson, un sculpteur ricain complètement déjanté. Toutes les classes de son collège portaient des noms d'artistes... Lui s'était retrouvé entouré d'inconnus dans une classe qui portait le nom d'un taré qui représentait, dans des œuvres plus vraies que nature, des vieilles dindes au supermarché ou des boutiquières en bermuda...

– J'en ai ras le bol d'être ici !!! Ça craint.

Chaque coup de tonnerre résonnait en lui comme un cri. Il fulminait, tournait dans sa chambre comme un lion en cage. Il se posta devant la fenêtre. Une silhouette, huit étages plus bas, attira son attention. Agrippée aux grilles, elle secouait les lourdes portes comme si elle voulait les faire céder. Avait-elle vu une personne en danger dans le parc, quelqu'un qu'il fallait secourir ? Il bondit hors de sa chambre, sauta dans ses baskets et se dirigea à vive allure vers la porte d'entrée.

– Et peut-on savoir où tu cours ? demanda sa mère.

– Sauver quelqu'un.

Il fusa dans les escaliers, glissant sur les rampes, une fesse en l'air, une fesse posée, pour aller plus vite, et atteignit le rez-de-chaussée trois fois plus vite que s'il avait attendu l'ascenseur. Une fois dehors, le monde devint subitement flou. Lucas portait des lunettes, lesquelles furent instantanément embuées.

– Foutues binocles !

À peine avait-il eu le temps de s'en accommoder qu'il se figea. Il avait été devancé dans sa mission de sauvetage. Un homme pilotait la silhouette jusqu'à son bar. Le patron de la brasserie venait d'envoyer Lucas Rescue One dans le décor !

– Une preuve de plus que cette ville n'est vraiment pas faite pour moi ! Demi-tour, retour à l'envoyeur !

Il prit l'ascenseur qui avala péniblement les étages en grinçant, traversa le petit appartement sans un mot et fila dans sa chambre où il reprit son poste d'observation.

Il suivit le départ de la silhouette désormais vêtue de jaune. Assista à un accrochage mineur entre deux véhicules, la pluie et la chaussée glissante allaient donner du boulot aux assureurs ! Un homme voûté sortit de la brasserie et allait s'engouffrer dans la longue et pentue rue Frédéric-Caillaud quand deux malabars lui barrèrent la route et… l'agrippèrent par le col ! Le sang de Rescue One ne fit qu'un tour. Il explosa tous ses records de descente sur rampe et déboucha dans la rue à la vitesse d'un missile balistique. Les deux individus plaquaient le vieil homme au sol. Ce dernier tentait bien de se débattre, mais le combat était inégal. Il s'élança et, lunettes embuées ou pas, se jeta sur les deux agresseurs. Malgré ses 13 ans, sa force en étonnait plus d'un. Il attrapa les deux têtes par leurs cheveux respectifs et les percuta avec force l'une contre l'autre.

– Ouh, ça sonne creux là-dedans ! cria-t-il tandis que les deux affreux, sonnés, lâchaient prise en se tenant le crâne.

Ils le regardèrent prêts à en découdre, mais le patron de la brasserie surgit, menaçant, un pied de parasol à la main. La scène était cocasse. Les deux agresseurs filèrent en titubant. Lucas leur conseilla de ne jamais revenir. Le patron du bar vint à la rencontre de Lucas et de celui qu'il venait de sauver. Le vieux monsieur s'était remis debout. Il souriait ! Le bistrotier s'enquit de son état :

– Ça va ?

– Oui, très bien. Un peu d'exercice ne nuit pas !

– Ben vous alors… Vous êtes un sacré client ! Allez, faut que je retourne au bar. Quant à toi, mon garçon, tu es sacrément courageux. Sache qu'un verre t'attendra toujours sur mon comptoir !

– Merci monsieur. C'est chic de votre part…

– C'est bien normal. Allez, je file. Je te laisse raccompagner ce monsieur ?

– Je m'en occupe.

Le barman s'éclipsa, laissant la victime seule avec son sauveur. Lucas, qui rayonnait, fut cueilli à froid par la remarque du vieil homme :

– Qu'est-ce que tu fais dehors par un temps pareil, toi ?

– Je prendrai ça pour un merci. Je suis un superhéros qui aime quand les éléments se déchaînent.

– Eh bien merci beaucoup, Superman.

– Je vous en prie. Je m'appelle Lucas. Lucas Delvignes. Savez-vous pourquoi ces deux bouseux vous ont agressé ?

Le regard de l'homme se troubla :

– Sait-on aujourd'hui pourquoi ces choses-là arrivent ? Elles arrivent, c'est tout. Mon nom est Jean-Marie James Ecolloyd.

Tu parles d'un nom à coucher dehors toi ! Lucas serra la main qu'on lui tendait. Le regard du vieux riait dans ses orbites. Ce gugusse était bizarre. La pluie, qui s'était arrêtée, se remit en jambes, le signal pour se mettre en route.

– Vous habitez loin ?

– Non, à quelques pas d'ici.

– Je vous raccompagne.

– C'est très aimable de ta part mais je préférerais que tu m'attendes là, je reviens…

– J'assure une prestation de sauvetage complète qui comprend l'intervention antimalfrat et le retour au bercail.

L'homme pouffa mais le regard qu'il lui adressa faisait clairement comprendre qu'il préférait y aller seul.

– Attends-moi ici, je n'en ai pas pour longtemps…

Lucas accepta. Il fit le pied de grue pendant une dizaine de minutes et vit le vieil homme revenir avec, à la main, un drôle d'objet.

– Qu'est-ce que c'est ? Vous travaillez chez Jardiland ?

Un fin sourire étira les rides qui zébraient le contour de sa bouche et le vieillard plongea son regard dans le sien, comme s'il y cherchait quelque chose.

– Es-tu un garçon sur lequel on peut compter, Lucas ?

– Bien sûr, on peut toujours compter sur les superhéros, monsieur.

L'homme garda le regard appuyé, silencieusement.

– Oui, répondit alors simplement Lucas.

Il tendit à Lucas le pot qu'il tenait à la main et la plante qui y poussait. Elle ressemblait à un petit arbre. Sur le pot de céramique était inscrit le chiffre « XV ».

– Tiens, pour te remercier de m'avoir sauvé. Ça vaut de l'or à mes yeux. Prends-le et prends-en grand soin.

Un regard pénétrant suivit cette déclaration. L'instant était étrangement solennel.

– J'en prendrai soin, soyez-en certain.

– Je n'ai aucun doute là-dessus

– Il faut que je file. Ma mère va s'inquiéter.

– À bientôt Lucas.

– À bientôt monsieur…

Il détala en tenant précieusement son pot en terre cuite et se disant que le monde était plein de surprises… et de vieux originaux !

2
L'APPLI DU SIÈCLE

Le secret avait été admirablement gardé. À l'heure des réseaux sociaux, de la diffusion permanente d'informations – vraies ou fausses – parfois même avant qu'elles n'existent, la prouesse était exceptionnelle. Le lendemain de la tempête, le mardi, toute la presse titrait sur « l'affaire ». « C'est à Nantes que cela va se passer ! » (*Ouest France*), « La révolution végétale en marche » *(Presse Océan)*, « Botanique 2.0 » (*Le Parisien-Aujourd'hui en France*). BFM TV ouvrait son édition matinale avec cette annonce : « Jérémy Hookman, le célèbre milliardaire propriétaire du moteur de recherche Hookle, a choisi la cité des ducs de Bretagne pour le lancement de sa nouvelle application. »

Le 20 heures de TF1, qui se tiendrait exceptionnellement au jardin botanique de Nantes le soir-même, s'attendait à des scores d'audience stratosphériques. La régie publicitaire de la chaîne allait gagner des millions ! Les manchettes des journaux hurlaient au génie, promettaient la lune pour cette nouvelle appli qu'aucun journaliste n'avait encore jamais testée… La société du spectacle se dopait aux superlatifs. Selon eux, Hookman allait révolutionner la manière d'appréhender les espèces végétales.

Pourquoi avoir choisi la France pour lancer ce produit planétaire ? Le géant des médias avait une réponse toute prête : « Je suis Français par ma mère. J'ai une passion pour les jardins à la française. Toutes mes propriétés en ont un. »

Pourquoi Nantes ? Le tycoon dégainait alors sa deuxième explication, décontracté mais nostalgique, la prunelle triste mais le sourire franc : « Ma mère et moi avons vécu dans cette ville. C'est ici que j'ai découvert mon premier jardin. Je ne pouvais pas imaginer une seule seconde dévoiler "Vegetals" ailleurs qu'ici. Cela aurait été une double trahison, à l'égard de ma mère et de mon enfance. »

Hookman savait faire pleurer dans les chaumières. Hookman avait dû bouffer son premier conseiller en communication à l'âge de 7 ans !

Emma, comme chaque matin au petit dej', lisait la presse sur sa tablette. SON Jardin des plantes faisait les premières pages de la presse locale, nationale et… internationale. C'était logique. Le lancement de ce nouveau service de la galaxie Hookle était en effet servi par un casting de rêve. Le boss lui-même et, dans son sillage immédiat, sa fiancée, la chanteuse top model américano-portoricaine, Flora Estevez, communément surnommée EF – prononcer « Effe » – qui déplaçait les foules et déchaînait les passions du Mozambique au Rio de la Plata. Emma, assez logiquement, détestait ce genre de personnage, poupée artificielle et superficielle se donnant un genre en se nourrissant exclusivement de graines, de salades et… de chirurgie esthétique.

Hookman trustait l'actualité, sa vie, son œuvre, ses succès commerciaux, mais rien ne filtrait sur l'appli. Emma rongeait son frein. Son jardin comme décor pour le lancement de l'appli et la botanique au cœur de celle-ci. Sa matière. Sa vie. Il lui faudrait attendre le soir pour que le milliardaire lève le voile. La journée allait être longue.

Emma lâcha sa lecture, se leva et se prépara pour partir à l'école, faisant signe à sa mère qui, comme la veille au soir, la distingua à peine, l'esprit tourné vers d'autres préoccupations et l'oreille reliée au téléphone par un cordon ombilical mutant.

La cour du collège était en ébullition. Les écrans des téléphones chauffaient, à l'affût de la moindre info de dernière minute. Flora Estevez, était déjà en ville, EF était dans le quartier. EF allait venir au collège. Les rumeurs les plus dingues circulaient d'un bout à l'autre de la cour. C'était un carnaval fantasque et ridicule. Les profs allaient devoir sortir les rames pour faire bosser leurs élèves, d'autant qu'à l'hystérie des fans de EF s'ajoutait celle des accros aux écrans qui spéculaient en mode 2.0 sur les surprises que contiendrait l'appli. Emma reçut un sms à 10 heures pétantes. Le cours de botanique, qu'elle suivait le mardi soir et le mercredi, était annulé. Le cirque médiatique venait de pulvériser le moment phare de sa semaine. Tous les éléments étaient réunis pour une bonne recette à base de contrariétés.

Et pourtant ! Aucun agacement n'animait Emma. Bien au contraire. Si, d'ordinaire, une telle nouvelle aurait dû provoquer une éruption volcanique, il n'en fut rien cette fois-ci. La raison de ce surprenant changement portait un nom : Hookman. Certes, le milliardaire avait la responsabilité de la fermeture du parc, mais pour présenter ce somptueux projet, Vegetals, qui permettrait peut-être au grand public de saisir les finesses d'une discipline au cœur du vivant : la botanique !

Hookman ne lésinait pas sur la communication. Personne ne pouvait ignorer les millions qu'il claquait pour le respect des espèces végétales, rares ou pas. Cela séduisait Emma, des orteils à la frange.

La journée fondit dans une étrange absence de réalité, c'était bizarre. Et dur pour certains. Car les profs, comme prévu, vécurent un enfer. À peine purent-ils calmer les esprits en acceptant d'évoquer le seul sujet en mesure d'intéresser leurs élèves ce jour-là : la présence du couple vedette en ville. Les discussions dans les salles de classe ne manquaient pas d'animation. Et la classe de la 5e Giacometti ne dérogea pas à la règle. Emma rêvait de rencontrer Hookman, alors que tous n'avaient d'yeux que pour EF. EF ceci, EF cela…

– C'est grotesque, s'agaça Emma. Cette fille est un pur produit marketing. Complètement formatée. Rien de naturel. Fade, insipide, faux nez, fausses lèvres, faux front, fausses fesses, faux tout quoi ! Même sa voix doit être retouchée par les ordis. Elle prouve juste qu'on peut survivre sans cerveau. La voir au bras de Hookman est un des grands mystères de ce monde. Qu'est-ce qu'un homme intelligent et inventif comme lui peut bien trouver à cette garce ?

Valéria, adolescente incollable sur toute l'actu *people*, et singulièrement sur Flora Estevez, répliqua :

– Tu surkiffes le milliardaire parce qu'il est comme toi, un *green freaky*. T'es grave jalouse, c'est clair.

– Pfff, moi, jalouse, jamais de la vie !

Emma avait été piquée au vif, prise de court, et ne sut quoi répondre de plus. Elle haussa les épaules et rompit la discussion.

Elle rentra chez elle dès les cours terminés et s'enferma dans sa chambre jusqu'au moment du Journal. À 20 heures, elle en sortit et alluma l'immense écran plasma du salon pour suivre l'intervention de Hookman. Elle fut étonnée de voir sa sœur et sa mère se joindre à elle.

Générique du Journal et ouverture sur un décor de rêve. Le restaurant de l'orangerie, situé tout en haut du Jardin, à moins de 100 mètres de leur salon, avait été transformé en annexe d'un studio hollywoodien. Projecteurs, mobilier ultracontemporain, murs d'images en rotonde, et deux personnes manifestement contentes de leur sort : le présentateur vedette de la chaîne et Hookman.

– Mesdames, mesdemoiselles, messieurs, bonsoir. J'ai l'honneur de recevoir ce soir monsieur Hookman. Comme vous le savez depuis quelques heures, ce géant du monde numérique a choisi la France, et plus particulièrement la ville de Nantes pour dévoiler sa nouvelle application, qui s'annonce révolutionnaire. Monsieur Hookman, bonsoir, merci d'avoir accepté notre invitation.

– Bonsoir, et merci à vous.

– Monsieur Hookman, si vous le permettez, une première question : pourquoi ce choix de Nantes et de son Jardin des Plantes ?

– J'ai vécu ici les premières années de ma vie, avec ma mère, avant que cette dernière ne se remarie et nous emmène aux États-Unis. Le Jardin des plantes de Nantes est mon premier choc esthétique et végétal. En mémoire de ma mère, qui hélas nous a quittés, et de cette période bénie, il me paraissait évident que cette présentation doive se tenir ici, dans la cité des ducs de Bretagne.

– Bien. Pouvez-vous nous présenter de manière simple cette application ?

– Avec joie. Vegetals aura pour but de s'approprier et de prendre soin virtuellement d'une plante ou d'un arbre. Une forme de contrat de location de végétaux virtuels qui entraînera les utilisateurs aussi loin dans leurs pratiques et leurs connaissances qu'ils le souhaitent, à l'instar des plus grands botanistes. Au fur et à mesure de leur implication au profit de leur portefeuille de plantes, les joueurs vont accumuler des connaissances sur le vivant – et des points – qui serviront la cause du respect de la biodiversité. Les spécimens qui parviendront à se hisser au sommet du classement mensuel verront leur prix d'origine baisser et ceux qui auront participé à sa sauvegarde numérique seront rétribués au prorata de leur implication. C'est un peu comme si un commentaire Facebook, par son nombre de « like », bénéficiait d'un avantage concret. J'invite tous vos téléspectateurs à se lancer dans cette « végétale attitude ». Je ne doute pas que cela fera naître des vocations. J'ajoute que 50 % des recettes restant après rétribution des meilleurs jardiniers en ligne, seront versées à un fond de sauvegarde de la biodiversité… et qu'un immense jardin botanique sera créé en Floride. Il présentera les spécimens les plus populaires de notre appli et les droits d'entrée seront reversés eux aussi à notre fondation…

Sur l'immense canapé familial, Emma était scotchée. À ses yeux, ce type était un génie. Cette application, ce futur jardin, et ce qu'ils impliquaient, étaient révolutionnaires. Hookman pouvait devenir – deviendrait, selon Emma – le chef de file des puissants qui œuvreraient pour un monde qui respire, qui cesse de détruire des forêts à des fins commerciales. En somme, un saint.

Elle aspira la fin de l'interview comme une pompe sous-marine. Sa sœur Flavie, un as de l'informatique, se posait des questions sur la nature de l'algorithme utilisé, sa mère se déconnecta du monde réel pour répondre à un message super urgent. Vegetals ? Un continent de données et un levier magistral pour financer la sauvegarde des espèces menacées. Emma fut sans doute l'une des premières à installer l'icône Vegetals sur son smartphone. Des légions allaient lui emboîter le pas. Oh que oui.

En moins de quatre jours, l'appli avait été téléchargée 14 millions de fois et 16 millions de dollars avaient déjà été versés à la fondation Hookman pour la biodiversité. La locomotive était lancée à grande vitesse. Le coup de génie de Hookman allait transformer le monde.

3
DES HÉROS TRÈS SPÉCIAUX...

Le Jardin des plantes de Nantes possède deux fontaines sublimes. Fabriquées en fonte, peintes en vert pour s'accorder avec les couleurs de la végétation, elles se fondent harmonieusement dans le paysage. Ces fontaines, œuvres du sculpteur nantais Charles-Auguste Lebourg, sont passées à la postérité mondiale sous le nom de fontaines Wallace, du nom du philanthrope anglais qui en commanda l'exécution pour pallier le déficit d'eau potable dans les villes. Une esthétique *so Paris* dont les Américains raffolent, mais qui n'a pas donné à notre estimé Charles-Auguste la gloire qu'il méritait ! Son nom fut oublié de l'histoire, mais pas ses créations, qui permettent à tous les assoiffés du monde, de Los Angeles à Jérusalem, de Maputo à Londres et de Pontremoli à Nantes, de s'y abreuver…

Emma, curieuse jusqu'au bout des ongles, avait découvert cette histoire par hasard, en cherchant sur son smartphone l'origine de ces cariatides, les quatre personnages féminins sculptés qui font partie intégrante de la fontaine, et qu'elle adorait tout spécialement.

Ce mercredi était un mercredi de très forte affluence sans doute dû aux deux jours de fermeture « orages et médias ». Juste après y avoir pénétré par l'entrée située côté sud, Emma se dirigea vers l'une des fontaines. Un attroupement d'enfants excités y beuglait de concert. Emma approcha, le front plissé… et entra en fusion! Son jeune ami Tim, sans doute le plus doué des élèves du cours de botanique, pleurait toutes les larmes de son corps. La raison? Un imbécile tenait, à bout de bras, le magnifique herbier de sa victime, trop petite pour l'atteindre.

– C'est ça que tu veux? C'est ça que tu veux?

Les larmes de Tim redoublaient en même temps que les rires moqueurs de la jeune et cruelle assistance.

– Laisse-le tranquille et lâche cet herbier tout de suite! tonna Emma d'une voix qui la surprit elle-même.

Tous se retournèrent pour voir qui osait parler ainsi. D'un pas rapide, Emma se rendit auprès de son ami. Elle tendit le bras.

– Rends ça tout de suite.

– Ben voyez-vous ça! Une jolie petite rouquine qui donne des ordres. Et si je ne veux pas le lui rendre, il se passe quoi poupée? Hein, dis-moi.

Il n'eut pas à attendre la réponse de la jeune fille. Sans comprendre ce qui lui arrivait, il se retrouva le visage aplati dans l'herbe, un bras bloqué dans le dos. Au-dessus de lui, Lucas, placide, en majesté, se baissa jusqu'à l'oreille de la terreur qui n'en menait plus très large.

– Je crois que tu dois des excuses à la demoiselle et à son ami, lui souffla une voix dans l'oreille.

– Aïe !!!!!!

– Je doute que « Aïe » soit un mot d'excuses, même en grec ancien, reprit la voix.

La pression sur le bras se fit plus intense. La douleur suivit.

– Pardon, pardon, excusez-moi. Aïe, ça fait mal !

– La prochaine fois que tu veux jouer les durs, choisis un adversaire à ta taille. Allez, dégage !

L'étreinte se desserra, puis les mains lâchèrent prise. Le bourreau et son public décampèrent à toutes jambes. Le jeune garçon ramassa son herbier et fila également en émettant d'étranges sons, puis se perdit au milieu des visiteurs du parc.

– Merci, dit Emma, c'était brutal, mais efficace.

– Brutal est mon deuxième prénom. Le premier c'est Lucas.

– Moi, c'est Emma. Et le garçon à qui appartenait l'herbier s'appelle Tim. Un ami. On partage les mêmes cours de botanique, ici, dans ce jardin. Tim est un garçon spécial…

– Spécial ?

– Il est autiste, mais c'est le champion de notre cours…

– Ça existe ça, des cours de botanique ?

Emma le toisa.

– Heureusement que ça existe, et on y apprend même pas mal de choses dont les humains feraient bien de s'inspirer.

Lucas comprit qu'il valait mieux ne pas plaisanter sur ce sujet. Il se contenta d'ajouter :

– Sans doute, sans doute ! Je te crois. Moi j'aime la nature, mais la nature brute, pas encapsulée dans une prison… Je ne connais pas grand-chose aux plantes, rien, en fait, si ce n'est que je les aime beaucoup plus que le béton.

– Eh bien c'est l'occasion de commencer à apprendre, jeune superhéros ! dit une voix chaude derrière lui.

– Tiens, bonjour… dit Lucas en souriant, heureux de revoir l'homme auquel il avait porté secours.

À dire vrai, il ne se souvenait plus exactement du véritable nom du vieux monsieur.

– Vous vous connaissez ? s'étonna Emma, qui reconnut une silhouette familière du jardin à qui elle n'avait pourtant jamais osé adresser la parole.

– Oui, un peu éluda le vieillard, je me nomme Jean-Marie James Ecolloyd. Enchanté, mademoiselle.

– Emma.

Emma trouva le patronyme aussi étrange que l'allure du bonhomme. Un vieux pantalon chic, une chemise rayée sous une veste à carreaux, un chapeau panama difforme et un vieux bâton noueux en guise de canne. De ce personnage singulier émanait quelque chose de chaleureux. Et il parut à la jeune rousse encore plus sympathique lorsqu'il ajouta :

– Je suis un habitué du parc, et j'ai eu l'occasion de vous apercevoir à maintes reprises, Emma. Moi aussi, au même âge que le vôtre, je fréquentais avec assiduité les jardins et les cours de botanique.

Cette fois-ci, Lucas ne prit pas le risque de s'autoriser un trait d'humour. Deux botanistes contre un non-botaniste, il était en infériorité numérique. Et Emma semblait avoir la réplique acérée. Mieux valait attendre de la connaître davantage avant de tenter d'autres blagues lourdingues.

– Ma grande vieillesse m'octroie certaines connaissances qui valent leur pesant de cacahuètes, comme on dit ! Voudriez-vous que je vous en fasse profiter, jeunes gens ?

Emma fut enthousiaste. Lucas beaucoup moins. Mais, après tout, cela pouvait être un moyen de passer le temps. Le cadre était verdoyant, Emma jolie et Jean-Marie James suffisamment cinoque pour laisser entrevoir de bonnes poilades. Il décida de se joindre au duo. En espérant que ce ne serait pas trop barbant quand même…

– Bien, reprit, le vieux monsieur. Si vous le permettez, je vais vous présenter ce que j'aime considérer comme les superhéros de ce jardin. Voilà qui devrait satisfaire notre ami Lucas, superhéros lui-même !

– Allez, en avant Guingamp ! répondit Lucas dans un sourire un peu forcé. Allons-y. Étonnez-nous, monsieur JMJ !

Il trouvait que JMJ sonnait bien mieux que Jean-Marie James.

– Pas mal ça, JMJ ! dit le vieux monsieur.

Emma esquissa un petit sourire. Lucas avait un toupet de tous les diables, mais il fallait lui reconnaître une certaine dose de courage et une repartie qui faisait mouche. Ils marchèrent quelques instants et s'arrêtèrent non loin de la petite volière. Face à eux, un arbre immense, massif. Une stature réellement imposante.

– Ginkgo, dit Emma.

– Ginkgo Biloba, en effet dit JMJ.

– Gingo quoi ? demanda Lucas.

– Ginkgo biloba, reprit JMJ. Ou l'arbre aux quarante écus.

– « Écus » comme les pièces de monnaie ?

– Exactement.

– Cet arbre vaut quarante écus ?

Emma ne put réprimer un sourire. Lucas s'en aperçut et en fut un peu piqué.

– Non Lucas, expliqua Emma qui ne voulait pas le vexer. Si je ne fais pas d'erreur, l'arbre doit ce surnom à son feuillage. Avant de tomber, ses feuilles sont d'une couleur jaune étincelante.

– Très juste, reprit le guide. Une fois au sol, on ose à peine marcher dessus. On croirait un tapis d'or au pied de l'arbre. C'est complètement fascinant.

– Oui, enchaîna Emma, je crois aussi que son espèce était présente sur Terre avant même les dinosaures.

– Oui, et c'est également une des premières variétés de plantes qui a trouvé un moyen de repousser après les bombardements atomiques au Japon durant la deuxième guerre mondiale. Par ailleurs, et c'est encore plus singulier, le Ginkgo est le seul arbre connu à n'exister qu'en culture et pas dans la nature. Depuis 2 000 ans, on en cherche à l'état sauvage, en vain ! Si ça ce n'est pas un superhéros ! Pas besoin de cape ou de superpouvoirs quand on a une énergie et une envergure pareilles, n'est-ce pas ?

Emma, à l'évidence fascinée par ce Ginkgo machin-chose, laissa son regard filer vers les frondaisons et l'ovale de son visage se para d'un voile d'or. JMJ, après quelques secondes, se remit en chemin à petits pas serrés. Ils se mirent dans son sillage. La marche les conduisit en haut du jardin, près d'une serre bordée de plantes carnivores, les sarracenias mangeurs de préfet ! Mais, à la déception de Lucas, ce n'était pas ces croqueuses de viandes que JMJ voulait leur présenter, mais un arbre des plus étonnants qui ressemblait à un pin qu'on aurait taillé en bouquet, serré à la taille…

– Le dragonnier des Canaries, annonça JMJ.

– Sacré nom de scène et sacré bestiau…

– Je suis d'accord avec toi, Lucas… On l'appelle comme ça car sa sève ressemble à du sang de dragon…

– Et à quoi ça ressemble, le sang de dragon ? fit Lucas interloqué.

– À de la sève de dragonnier, pardi !

JMJ pouffa à sa blague – « ce vieux est complètement dingo », pensa Lucas – et reprit plus sérieusement :

– C'est une sorte de latex visqueux et gluant... Cet arbre est une espèce rarissime qui ne pousse qu'aux Canaries.

– Aux Canaries ?

Lucas n'avait jamais entendu ce nom.

– Les Canaries sont un archipel volcanique, une possession espagnole située au large du Sahara occidental et du Maroc, dans l'océan Atlantique... Et puisque nous parlons d'êtres singuliers, ou presque uniques, laissez-moi vous présenter ce gros bonhomme que l'on aperçoit là-bas.

JMJ tendit le bras vers l'ouest. Emma embraya aussi sec :

– Le métaséquoia... Un sacré client aussi celui-là !

Lucas la regarda comme si elle avait mangé un truc pas frais. Sans se démonter, la jeune fille continua :

– Le métaséquoia est un arbre qu'on ne connaissait qu'à l'état de fossile jusque dans les années quarante, avant qu'on en découvre de bien vivants dans une petite vallée perdue, au fin fond de la Chine. Les Anglais filèrent là-bas pour récupérer des graines et c'est grâce à cette razzia que l'on a celui-là.

– Chapeau, Emma ! fit JMJ, surpris par l'étendue des connaissances de la jeune fille.

– Et j'ajoute qu'il est l'un des seuls conifères à perdre ses aiguilles en hiver.

– Avec le mélèze européen...

–… de son vrai nom le *larix decidua Mill* et le cyprès chauve américain, le très élégant *taxodium distichum* !

JMJ était scotché et Lucas ahuri ! La balade se transformait en partie de ping-pong botanique entre deux dingues. Il ouvrait des yeux ronds. Emma poursuivit, savante et séduisante en diable :

– Trois des cinq continents disposent donc d'un conifère qui se déplume en hiver… C'est singulier.

JMJ n'y avait jamais pensé. Cette fille avait de la suite dans les idées…

– Tu connais les noms latins de toutes les plantes du parc ?

Emma tourna son regard vers Lucas. Ses yeux verts souriaient…

– Il y a 10 000 espèces ici, ça ferait beaucoup…

– 10 000 ?

– Oui, soit 5 % de toutes les espèces végétales connues dans le monde…

– Ben merde alors. . enfin, je veux dire, ben mince alors…

– C'est un résumé qui en vaut un autre, fit JMJ malicieux. Venez !

La foule ne cessait de grossir, affluant principalement vers le nord. Fatalement, il y avait une raison à cela. Lucas rongeait son frein. L'agitation l'attirait, il demanda :

– Dites-moi, JMJ, savez-vous à quoi est du ce bazar, là-bas ? Il y a un monde fou du côté des serres.

– Je suis certaine que c'est à cause, ou plutôt grâce à l'application Vegetalis de Hookman, dit Emma avec empressement. Cette invention est révolutionnaire. Les gens sont venus dans les jardins pour découvrir des plantes avant de s'en occuper virtuellement.

– Vegetals. Le machin des plantes virtuelles ? Tu trouves ce truc bien ? s'enquit Lucas. Ça ressemble quand même à un énorme coup marketing, un piège à fric !

– Je ne crois pas, non. Hookman est un bienfaiteur qui œuvre depuis des années pour la préservation de la biodiversité. Son application marche du tonnerre et récolte des tonnes d'argent pour la défense du vivant.

– Si tu le dis…

JMJ calma les esprits d'une petite remarque.

– L'application de cet insaisissable et étrange milliardaire n'est pas la seule raison de cette affluence exceptionnelle. Je vous le prouverai en vous présentant un autre superhéros tout à l'heure, sans aucun doute le plus surprenant de tous.

– Ne le prenez pas mal, osa Lucas, mais, quand même, vos superhéros sont assez loin des Thor et Spiderman. Les seules araignées qu'on trouve ici sont ordinaires, petites, moches et velues, et responsables de piqûres bien désagréables.

– Et héroïquement indispensables à l'équilibre de l'écosystème mon garçon, répondit en souriant le vieil homme.

Ils reprirent leur marche qui les fit passer sous le banc géant imaginé par l'illustrateur de renom Claude Ponti. Lucas s'était promis, un jour, d'escalader cette œuvre d'art et de s'y asseoir. À mesure qu'ils avançaient, la foule devenait plus dense. Il n'y avait plus trop de place au doute. Le grand palmarium aimantait les curieux. Lucas bouillait d'impatience.

– Ça vous dérange si on va y jeter un œil ?

JMJ allait acquiescer quand Emma arrêta le vieux monsieur en lui posant une main sur l'avant-bras :

– Tous les arbres que vous nous avez présentés… Ils sont endémiques, n'est-ce pas ?

– Oui.

– Donc, fragiles, susceptibles de disparaître, en sursis pour certains d'entre eux… Ce que vous nous avez montré, sous couvert de petite balade bucolique, c'est la fragilité des écosystèmes et leur singularité, je me trompe ?

Le vieux monsieur planta son regard dans les yeux verts d'Emma. Il n'avait plus rien du vieil original débonnaire. Il était devenu subitement grave et ses prunelles disaient mille choses. La surprise – tu es une sacrée botaniste, toi ! – la tristesse – le vivant est-il condamné ? – l'espoir – saurez-vous, jeunesse avide, relever le défi de sauvegarder la planète ?

Un ange passa. Le temps était suspendu. Toute parole semblait inutile. Lucas lui-même comprit toute la force de ces messages muets. Ils prirent le chemin du palmarium en silence.

Plus ils approchaient de la grande serre, plus une odeur nauséabonde agressait leurs narines.

– C'est quoi cette odeur pourrie ? Il s'agit d'un sacrifice rituel ? grimaça Lucas en se pinçant le nez.

– Est-ce que c'est ce que je crois, monsieur Ecolloyd ? demanda Emma, les yeux pétillants.

– Oui, Emma. L'info n'est tombée qu'hier soir. Un événement aussi exceptionnel que l'odeur est pestilentielle mon cher Lucas. La plus grande fleur du monde. La feuille ressemble à une robe plissée et l'odeur de viande avariée qu'elle dégage attire les insectes pollinisateurs. Ça n'arrive que tous les sept ans environ. La floraison de l'*amorphophallus titanum*.

– En forme de bistouquette géante ! s'exclama Lucas en découvrant la plante, imposante, au milieu des touristes.

– D'où son appellation plus connue de « Pénis de titan ». Si ça c'est pas un superhéros ! Mais un superhéros à la vivacité limitée dans le temps. Dans trois jours, la fleur aura perdu de sa superbe, pour faner complètement, jusqu'à résurrection dans quelques années donc.

– Pénis de titan, c'est quand même plus parlant qu'*amorpha*-je-sais-plus-quoi ! dit Lucas.

La foule ne permettait pas de s'éterniser devant le sublime et puant végétal. Ils sortirent de la serre. Le vieux monsieur invita les deux adolescents à contempler une autre plante. Lucas en oublia le nom à peine prononcé… Bien qu'ayant apprécié l'épisode du pénis de titan, Lucas espérait vraiment qu'il s'agirait du dernier stop au jardin. Il en avait plein les bottes des noms latins !

Le petit restaurant du Jardin des plantes se trouvait à proximité. Jean-Marie James Ecolloyd remercia les deux adolescents de leur compagnie et proposa de leur offrir un rafraîchissement. Emma et Lucas auraient sans doute accepté, si des éclats de voix n'avaient attiré leur attention. Non loin du restaurant, dans le secteur où étaient cultivées les plantes du Jurassique, des remarques indignées fusaient en tous sens. Ils décidèrent, sans même se consulter, de s'y rendre. La boisson attendrait.

En arrivant sur les lieux, JMJ échangea un salut discret et respectueux avec les jardiniers et le directeur du Jardin. Les visages exprimaient l'inquiétude. Les regards de Lucas, Emma et JMJ piquèrent vers le sol. Devant eux, un jeune arbre nommé pin de Wollemi présentait toutes les formes de vieillissement avancé – « pas étonnant pour un arbre du Jurassique », aurait pu plaisanter Lucas. L'anxiété de l'assemblée et surtout le fait que le malade soit le jumeau de celui qu'il avait dans sa chambre, le stoppèrent net. Celui-là était vraiment mal en point, il présentait une teinte anormalement jaune, desséché, des feuilles prêtes à s'émietter au moindre contact et, chose étrange, un résidu de bolet qui, d'ordinaire, ne poussait qu'au pied des feuillus, était visible. Ça, Lucas le savait pour avoir suffisamment arpenté la forêt des Landes avec son grand-père. Il n'était pas botaniste, mais il en aurait mis sa main au feu. Étrange…

De ce qu'ils percevaient de la discussion, le dépérissement express du petit arbre était une énigme complète. Et une catastrophe. Lucas interrogea Emma des yeux. Elle lui chuchota :

– C'est une espèce extrêmement rare, un des derniers représentants sur Terre…

Ouch. Lucas accusa le coup. Mais n'eut pas le loisir d'interroger Emma plus avant : une femme, affolée, sortant en trombe du bâtiment administratif, courut vers le directeur en s'égosillant :

– Tous nos fongicides sont inutilisables, foutus, pourris… Le magasin vient de me signaler que tous nos sacs étaient HS.

Le visage du directeur s'assombrit encore davantage. Il se dirigea au pas de course vers les locaux administratifs.

Jean-Marie James Ecolloyd profita de l'agitation pour s'approcher discrètement de l'arbre agonisant. Rapidement, il se baissa et saisit une petite poignée de terre qu'il glissa dans sa poche. Une fois remis debout, Jean-Marie James Ecolloyd jeta un œil attentif autour de lui.

– Jeunes gens, il faut que je vous montre quelque chose. Tout de suite.

Il les entraîna vers le sud du parc, silencieux, frappant sèchement le sol de son bâton. Il ne rompit le silence qu'une fois arrêté devant un arbre magnifique. Au sol, un panneau annonçait :

« Trésor botanique, Wollemia nobilis ».

JMJ toucha les feuilles de l'arbre avec précaution avant d'ajouter :

– Il est en bonne santé, celui-là. Il faut qu'il le reste. Bien. Maintenant, veuillez m'excuser, mais il me faut partir.

Le vieil homme salua les deux adolescents en inclinant son chapeau et fila à grandes enjambées vers le labyrinthe qui dominait le parc.

– C'est chelou…

– Quoi ?

– JMJ m'en a offert un tout pareil il y a quelques jours…

– Quoi ! ? Il t'a offert un Wollemia ? Ben ça alors !

– Euh, oui… Je l'ai sorti d'une situation périlleuse l'autre soir. Il m'a donné ça en remerciement. Il m'a dit de m'en occuper avec soin.

Une ombre passa sur le visage des deux adolescents. Leur après-midi, de cocasse, venait de passer à étrange !

4
RAPT

Durant les deux jours qui suivirent, à la sortie des cours, Emma et Lucas allèrent rendre visite au *Wollemia nobilis*. Même si le vieil Ecolloyd ne leur en avait pas intimé l'ordre, ils sentaient qu'ils devaient surveiller cet arbre rare... de très près ! Rien ne semblait anormal. Il paraissait en bonne forme. Aucun signe de dépérissement. Lucas y voyait un point très positif. « Peut-être des insectes avaient-ils tout simplement contaminé le petit Wollemia », avait-il suggéré.

Emma n'adhérait pas à cette hypothèse :

– Si seuls des insectes étaient responsables, les jardiniers n'auraient pas fait de telles têtes l'autre soir devant l'arbre. Il y a autre chose. J'en ai la certitude. Et JMJ en était tout autant persuadé. Il faut maintenir la surveillance. De jour comme de nuit.

– Jour et nuit ? Ne le prends surtout pas mal, mais je te rappelle que le parc est fermé le soir. Et je nous vois mal nous cacher dans les toilettes en attendant la fermeture, pour finalement passer des heures à grelotter dans l'humidité du jardin.

– On n'aura pas besoin de ça. J'ai un plan. Un stratagème bien plus efficace. On se donne rendez-vous ici demain et je t'explique tout.

Elle ajusta quelques mèches rousses rebelles en souriant. Ses yeux pétillaient.

La patience ne figurait vraiment pas parmi les qualités de Lucas et il l'asticota pour en savoir plus, sans succès. Quelle idée cette fille avait-elle bien pu avoir ? Elle semblait sûre d'elle en tout cas. Lucas balaya les options… Elle n'allait quand même pas pirater des caméras de surveillance du Jardin des Plantes ! Et puis, de toute façon, il n'y en avait pas.

Il passa la soirée à repenser à cette drôle d'après-midi, plus souriant qu'à l'accoutumée, ce que sa mère remarqua sans faire de commentaire. Elle n'ignorait rien des souffrances de son fils et cette accalmie dans la colère souterraine qui le consumait lui apporta, à elle aussi, un bien-être salutaire.

Lucas n'en savait pas plus sur le plan d'Emma lorsqu'il prit la direction du Jardin le lendemain. Elle l'avait devancé et attendait, assise sur un des bancs tordus du parc créés par Claude Ponti. Ses yeux brillaient encore davantage que la veille.

– Salut !

– Salut ! Viens, assieds-toi.

Lucas prit place sur le banc. Il regarda Emma avec intérêt.

- Alors, étonne-moi, quel stratagème diabolique as-tu trouvé ?

- Les sorcières rousses ne manquent pas d'idées, répondit Emma avec un sourire sardonique.

Elle plongea la main dans son sac. Elle la ressortit en déployant délicatement les doigts. Un mince et tout petit objet tenait dans sa paume. Lucas ajusta machinalement ses lunettes et pencha la tête pour l'observer de plus près.

- C'est quoi ce truc ? Une barrette ? Tu veux surveiller un Wollemia avec une pince à cheveux ! Là, effectivement, ce serait un truc de sorcière. De la vraie magie ! Emma sourit et déposa l'étrange objet dans la main de Lucas. Elle sortit son smartphone de son sac – lui n'en possédait pas - et appuya sur une icône. Une interface complexe apparut. Elle glissa pouce et index et quatre petites tiges apparurent aux extrémités de la « barrette ».

- Lucas, je te présente notre nouvel ami. Il s'appelle *The Eye*. Il sera donc... nos yeux.

Emma effleura une nouvelle commande. Sans le moindre bruit, la barrette s'éleva de quelques centimètres et redescendit dans la paume de Lucas. Les yeux écarquillés, il pointa du doigt l'engin.

- Attends, attends, tu es en train de me dire que *The Eye* est tout simplement un...

-... drone, oui, répondit Emma en prenant soin de ne pas parler trop fort.

– Pince-moi ! Là, c'est juste dingue. Où as-tu trouvé ça ? Je ne savais même pas que des modèles aussi minuscules existaient.

Emma lui fit signe de baisser d'un ton. Lucas collait presque le verre de ses lunettes sur *The Eye*. Il avait beau voir, toucher délicatement, scruter l'appareil, il n'arrivait pas à y croire.

– Un drone, un vrai ? répéta-t-il.

– On ne peut plus vrai. Et pour être sincère avec toi, il n'existe pas réellement encore. Il n'est pas commercialisé. C'est un prototype. En parfait état de fonctionnement ceci dit. Je peux te l'assurer.

– Et, bien entendu, toi, tu en possèdes un. Quoi de plus naturel que d'avoir un prototype de drone espion à la maison ! Certains ont un chien, un chat, une tortue, un poisson rouge. D'autres préfèrent avoir des drones plus minces qu'un doigt ! Pourquoi pas ! Ça doit coûter une fortune cet animal-là !

– Oui, il vaudra certainement très cher… quand il sera en vente… s'il l'est un jour.

Lucas ne répondit pas. Mais l'expression stupéfaite de son visage signifiait : « Explique-moi tout, James Bondette !!! »

Emma ne se fit pas prier. Avec enthousiasme elle détailla le concept :

– Cette formidable machine appartient à la génération des nanodrones PRS – pour *Personal Reconnaissance System* – qui équiperont bientôt les bataillons d'élites des armées américaine et française.

Jamais, avant cela, une technologie aussi avancée n'avait été envisagée sur un format de ce genre. Il allie silence, légèreté et performance. Pas plus grand qu'une libellule, à peine un peu plus lourd. En soi, c'est déjà pas mal. Mais ça ne s'arrête pas là. Cette merveille technologique est équipée de trois caméras installées à l'avant, à l'arrière et sous le ventre. Toutes trois classiques et infrarouges. Elle dispose d'un faisceau d'éclairage aussi mince que puissant. La définition des images qu'elle collecte est optimale. Elle peut être programmée et dirigée à grande distance par son opérateur. Une connexion sécurisée permet de collecter les informations en temps réel sur un ordinateur ou un téléphone.

Lucas regardait Emma comme si elle était une sorte de prêtresse vaudou. Il parvint à articuler LA question qu'il se posait :

– D'où sors-tu un truc pareil ?

– Du bureau de mon père.

– Carrément dingue, la grande classe ! C'est une sorte de libellule Terminator.

– Il y a un peu de ça, ouais. On fait un essai ?

Lucas fixa Emma avec des yeux ronds.

– Réponds-moi avant : comment tu peux être en possession d'un drone comme celui-là ?

– Mon père est ingénieur dans cette partie-là.

– Et il te laisse manipuler des prototypes qui feraient rêver les états-majors des principales armées du monde ? Il est plutôt flexible ton paternel !

Évoquer ses parents s'avérait toujours délicat pour Emma. Elle regrettait leur manque d'intérêt à son égard. Leurs responsabilités professionnelles – « écrasantes » comme se plaisait à lui répéter sa mère – leur prenaient beaucoup de temps. Autant de temps qu'ils ne passaient pas avec elle. Elle avait donc mis à profit sa volonté de récupérer *The Eye* pour opérer un rapprochement avec son père, toujours enthousiaste quand il s'agissait de parler de ses joujoux. Finalement, elle avait fait d'une pierre deux coups en passant un moment agréable avec lui la veille au soir.

– Il fallait trouver les mots justes, se montrer persuasive, dit-elle à Lucas. Mon père connaît ma passion pour la botanique. J'ai prétexté un besoin d'étudier les relations entre insectes nocturnes et végétaux. Quelles interactions s'opèrent entre eux durant la nuit. J'ai dit qu'il s'agissait d'un sujet d'étude de notre cours de botanique et que l'appareil ne risquait absolument rien. J'ai dû être suffisamment persuasive quand j'ai ajouté qu'un tel engin me permettrait de faire une avancée colossale dans mes recherches.

– Bravo. Chapeau bas. Le motif est bien trouvé. Espérons maintenant que *The Eye* ne croise pas le bec d'un oiseau gourmand.

La remarque les amusa.

– Ouais, on aurait de belles images de films d'épouvante à l'écran.

– Bien dégueu ouais !

– Alors, on la fait voler cette libellule ?

Emma pianota sur l'écran de son téléphone. La première image qui apparut fut la peau de la paume de la main de Lucas, en maxi gros plan.

– Jamais plus je ne mettrai ma main à la bouche, commenta-t-il. Le ventre d'un oiseau est peut-être moins flippant !

L'image se rétrécit à mesure que *The Eye* s'élevait. Emma le dirigea lentement au-dessus du Jardin puis, délicatement, au ras des plans d'eau et entre les branches des arbres. À l'écran, les images étaient stupéfiantes.

– Et nous arrivons au but de cette expérience vertigineuse, mon cher, l'atterrissage au sein du vénérable *Wollemia nobilis.*

Emma laissa le drone virevolter en altitude le temps qu'ils quittent le banc et parviennent à quelques mètres de l'arbre. Elle fit descendre *The Eye* et en fit sortir les quatre petites tiges faisant office de pattes. Le drone s'était solidement arrimé à l'une des plus hautes branches, les caméras orientées vers le sol.

– On peut pas parler d'atterrissage. Alors on va dire abranchissage réussi, lança Emma, tout sourire.

L'appareil filmait toujours lorsqu'ils aperçurent deux hommes approcher du Wollemia.

– Tiens, v'là les *Men in Black* ! ironisa Lucas devant l'accoutrement des deux individus. La joie disparut du visage d'Emma.

– J'aurais plutôt dit des mafiosi. Costumes sur mesure, lunettes noires, teint mat et cheveux gominés. Genre patibulaire.

– Ouais, pas bien certain que ces gars soient férus de botanique. Regarde, ils décampent à peine la photo prise. Je parierais sur des joueurs de l'application Vegetals.

– Ça c'est une hypothèse ! dit Emma en ouvrant l'application de Hookman sur son téléphone.

Par-dessus son épaule, Lucas contempla Emma glisser son doigt avec dextérité sur l'écran.

– Ça alors ! s'exclama Emma en se passant une main dans les cheveux.

– Quoi ?

– Le Wollemia figure parmi les vingt meilleures ventes virtuelles de l'application. Et sa progression est constante. Et les malheurs du petit Wollemia vont certainement doper son score.

– Oui. C'est un concept marketing fréquent. Quand un artiste meurt, sa cote est en hausse. C'est le même principe ici.

– Oui, oui, bien sûr. Mais je ne pensais pas à cet aspect-là. Je pensais plutôt à JMJ.

– Quoi, tu crois que JMJ joue sur Vegetals en spéculant sur les soucis de l'espèce Wollemia ?

Lucas était un peu perdu et ne voyait pas du tout où Emma voulait en venir.

– Non, non, je ne crois pas qu'il soit du genre à naviguer sur cette application. Je pense plutôt aux effets pervers de Vegetals.

Là, Lucas nageait en plein potage. Si ses sourcils en avaient été capables, ils auraient pris la forme d'accents circonflexes.

– Attends, attends, je ne comprends plus rien. Il y a encore deux jours, tu disais que Vegetals était une application formidable et que Hookman était un génie.

– Oui. Et je le pense toujours. Mais je pense aussi que JMJ a eu la présence d'esprit de situer un problème de fond auquel je n'avais pas pensé, à savoir que des personnes mal intentionnées pourraient s'en servir à mauvais escient. Il existe toujours des individus infects, dont le plaisir est de détruire. Ils se nourrissent de ça.

– Ah, ok. Et donc, leur but serait de nuire aux végétaux vedettes de l'application. Un peu comme le Joker veut nuire à Batman…

– Exactement. D'où l'inquiétude de JMJ concernant le grand *Wollemia nobilis*.

– On peut imaginer que l'état du petit Wollemia est un avertissement.

– Oui, quelque chose comme ça.

Ils décidèrent d'aller voir à quoi ressemblait l'arbre malade et se dirigèrent vers le nord du parc. Le tableau était désastreux. Desséché, sans feuille, sans branche, sans vie. Le Wollemia gisait sur le sol. DEAD. MORT. KAPUT.

À quelques pas du cadavre, le directeur parlait avec ses jardiniers. Tous affichaient un air consterné. Emma et Lucas s'approchèrent du groupe.

– Bonjour Emma, comment vas-tu ? demanda le directeur.

– Mieux que le Wollemia, répondit-elle tandis que Lucas saluait les adultes.

– Savez-vous ce qui est arrivé à l'arbre ? poursuivit la jeune botaniste.

– Nous l'ignorons complètement. Et, pour être honnête, c'est bien ce qui nous chiffonne.

C'est vrai qu'il avait l'air soucieux.

– C'est très préoccupant qu'un arbre meure comme ça ?

– Oui, quand on en ignore la cause... Et puis, les ennuis volent en escadrille visiblement, car notre système d'information vient de lâcher. Sans que l'on sache pourquoi... Ça aussi, c'est très embêtant.

Tout en contemplant la dépouille du jeune Wollemia, Lucas pensa à haute voix.

– Voilà un spectacle qui doit mettre JMJ dans tous ses états.

Le directeur n'eut pas de difficulté à faire le lien avec le vieil homme, l'ayant aperçu en compagnie des deux adolescents quelques jours auparavant.

– Avez-vous vu notre cher ami botaniste aujourd'hui ? demanda-t-il.

– Non, pas aujourd'hui, répondirent-ils ensemble.

– Étrange. Vraiment étrange.

– Pourquoi étrange ? demanda Emma.

– Parce que c'est un fait complètement inédit : en six années, il n'y a pas un jour sans que j'aie vu sa silhouette arpenter les allées de ce jardin. Plus qu'un habitué, c'est un inconditionnel absolu des lieux.

Le directeur reprit sa conversation avec les jardiniers. Emma, pensive, attira Lucas un peu à l'écart.

– Viens, il faut que je te montre un truc.

Ils empruntèrent l'allée des magnolias, juste derrière eux, et stoppèrent devant la statue du buste d'un homme.

– Jean-Marie Écorchard, dit Emma en pointant son doigt vers le visage, le premier directeur du Jardin des Plantes.

– Oui, je sais lire. C'est marqué dessus. Et alors ?

– Alors, je crois que JMJ utilise un nom d'emprunt.

– Quel rapport avec Écorchard ? Notre JMJ s'appelle Ecolloyd.

– Oui, Jean-Marie James Ecolloyd. Un habile mélange de Jean-Marie Écorchard et James Lloyd. Les deux ennemis les plus célèbres de l'histoire de la botanique nantaise. Je te fais un rapide résumé historique ?

– Au point où on en est… Vas-y !

– James Lloyd. Éminent botaniste du XIX siècle. Né à Londres. Arrivé en France à l'âge de 6 ans. Une santé très fragile. La carrière de notaire que lui envisageait sa mère ? Très peu pour lui. James Lloyd préfère l'opéra. Il sera chanteur… Sauf que ses poumons ne l'entendent pas de cette oreille ! Après un retour à Londres qui ne le séduit pas – trop de monde, trop de bruit, trop irrespirable pour ses poumons fragiles – il file vers Paris puis Nantes. Le chant étant derrière lui, malade et en convalescence, le jeune Lloyd, cloué sur une chaise longue dans son jardin s'intéresse, puis se passionne pour la botanique. Il devient un spécialiste, côtoie les plus grands noms du milieu, se hisse parmi les grands et obtient le respect de tous. De tous sauf un.

Lucas interrompit Emma en faisant un signe de tête vers le buste.

– Laisse-moi deviner. De tous… sauf de lui.

– Exactement. Gros différend entre eux. Insultes, provocation en duel qui faillit bien aboutir. Et pour finir, amende et interdiction à vie pour Lloyd de fréquenter le Jardin des plantes de Nantes.

– La sentence ultime pour lui, j'imagine.

– Et notre ami JMJ s'est amusé de la rivalité de ces deux bonshommes pour se créer un pseudo. C'est un peu tordu, mais c'est cool.

– Oui. Mais étrange… Pourquoi un type comme ça irait-il se dégoter un pseudo ? Quel besoin en a-t-il ? Vit-il caché ? Et si oui, pour quelles raisons ? Et ce qui est moins cool, en revanche, c'est de ne pas l'avoir revu dans le Jardin. C'est pas normal. Il faut qu'on réussisse à le joindre.

– Le directeur sait peut-être où il habite ?

Ils firent le chemin en sens inverse au pas de course. Le directeur s'éloignait tout juste des jardiniers et se dirigeait vers le bâtiment administratif. Les deux adolescents l'interceptèrent. D'une voix essoufflée, Emma demanda :

– Excusez-nous monsieur. Jean-Marie James Ecolloyd est un pseudo n'est-ce pas ?

– On ne peut rien te cacher Emma. Et je peux bien avouer à la brillante botaniste que tu es qu'il fait partie des meilleurs que je connaisse et qu'il est aussi un chimiste de grand talent.

Un chimiste !!! pensa Lucas en regardant en direction du Wollemia tout sec.

– Connaîtriez-vous son adresse, monsieur ? demanda Lucas.

– Je ne sais pas précisément. Toutefois, mes jardiniers l'ont aperçu plusieurs fois emprunter la sortie qui donne dans la rue d'Allonville et remonter la petite sente qui est en face du local technique du jardin. Notre vieil homme vit peut-être dans ce coin-là. Excusez-moi jeunes gens, il faut que je vous laisse.

Emma et Lucas le remercièrent.

– D'après ce qu'il vient de nous dire, je pense qu'on serait bien inspirés d'aller jeter un œil sur les boîtes aux lettres de cette petite ruelle, dit Emma.

– Je ne connais pas cette ville, alors je te suis. Ne traînons pas.

Ils s'élancèrent dans la direction souhaitée, sortirent du jardin et, rapidement, se retrouvèrent dans le périmètre évoqué par le directeur. La petite rue portait le paradoxal nom d'« avenue » des Trois-Frères.

– Pour gagner du temps, on peut prendre chacun un côté de la rue, proposa Lucas.

– Très bonne idée. Tu choisis pair ou impair ?

– Honneur aux dames.

– Ce sera pair.

– Ok. C'est parti. En espérant que, si JMJ vit dans le coin, ce ne sera pas un autre nom que Ecolloyd, ou au moins Lloyd, qui sera inscrit sur sa boîte aux lettres.

Ils arpentèrent la rue, scrutant rapidement et précisément chaque nom. Il fallut attendre la toute dernière maison pour que Lucas lève le bras en signe de victoire.

– Emma, c'est ici. Enfin j'espère.

Elle traversa la route en quelques bonds rapides.

– Ecolloyd. Oui. Mais c'est quoi le truc marqué juste en dessous ?

Lucas ajusta ses lunettes.

– GDJDR. Aucune idée ! Et il y a un dessin à côté. On dirait un bateau ancien avec une fleur à la place du grand mât.

– Ouais, une fleur de lys il me semble.

– On n'a qu'à rentrer et le lui demander. Il lèvera le mystère.

Ils poussèrent un vieux portillon resté ouvert et traversèrent un petit jardin. Pas de sonnette pour annoncer leur présence, mais un heurtoir, fixé à la porte, représentant une couronne de fleurs.

– Vraiment à l'ancienne notre JMJ ! dit Lucas en saisissant le marteau de porte.

Il n'eut pas à se donner la peine de cogner. Le montant grinça et pivota aussitôt la main posée sur le battant. Porte ouverte ? Un mauvais pressentiment cueillit les adolescents. Ils entrèrent.

– JMJ, vous êtes là ? demandèrent-ils à l'unisson.

Aucune réponse. Ils arpentèrent un étroit couloir dont les murs étaient couverts de dessins de plantes diverses. Certains sous cadres, d'autres punaisés à même le mur. Ils tentèrent d'appeler leur ami une nouvelle fois. Sans succès non plus.

– C'est pas bon signe ça, s'inquiéta Emma, en s'aidant de la lumière de son téléphone pour éclairer l'espace sombre.

– En tout cas, notre ami n'est pas un maître de la déco ! tenta de plaisanter Lucas.

– Ça c'est certain, répliqua Emma en poussant la porte au bout du couloir.

Ils découvrirent alors une pièce qui devait être un salon, si on parvenait à l'imaginer sans le désordre absolu qui y régnait.

Emma passa la main dans ses cheveux, parcourant des yeux tout l'espace du salon.

– Scène de cambriolage. Merde alors...

Des feuilles noircies de formules chimiques jonchaient le sol. Des tableaux avaient été arrachés des murs. Les tiroirs d'un bureau gisaient par terre, débordant eux aussi de pages remplies de symboles scientifiques. Lucas s'accroupit pour regarder de plus près une lampe brisée.

– Et il y a plus grave que le simple cambriolage ! annonça-t-il en se relevant, le visage crispé.

Des traces de sang maculaient le socle de la lampe et les papiers les plus proches. Sur l'un d'eux, quelques gouttes sèches y maintenaient collée une fine mèche de longs cheveux blancs filandreux.

– Mon Dieu, JMJ a été agressé. As-tu un mouchoir en papier ?

– Pardon ? Un mouchoir ?

– Oui. Un mouchoir en papier, pour appeler la police.

– Quoi ?

Lucas se demandait si toutes les lumières étaient bien allumées dans le cerveau d'Emma. Mais elle semblait sérieuse. Une boîte de kleenex traînait dans le désordre, juste à côté d'un vieux téléphone en bakélite. Un de ces modèles qu'on ne voit plus que dans les films en noir et blanc. Lucas lui indiqua de la main les mouchoirs en papier. Elle décrocha le combiné et composa le 15. Elle ne se présenta pas. Sans vraiment laisser le temps de parler à l'agent à l'autre bout du fil, elle annonça que la maison de monsieur Jean-Marie James Ecolloyd, 7 avenue des Trois-Frères, avait fait l'objet d'un cambriolage, et que des traces de lutte étaient visibles. Elle raccrocha, puis effaça rapidement ses empreintes du mieux qu'elle put avec les mouchoirs jetables.

– On file au Jardin des Plantes. Il faut qu'on prévienne le directeur.

– Tu crois ?

– Allez, viens, à moins que tu ne préfères attendre les flics et leur expliquer ce qu'on faisait ici. Pas certaine qu'ils nous croient.

– Ouais, c'est pas faux.

– Parfait. On file au Jardin. On explique ce qu'on a vu. Il nous croira.

Ils sortirent en hâte de la maison. Jamais Emma n'avait couru aussi vite.

– Suis-moi, lança Emma en pénétrant en trombe dans le bâtiment administratif dont la porte, pour une fois, était grande ouverte.

Ils montèrent les marches trois par trois, parvinrent devant la porte du boss et frappèrent ensemble à grands coups. La grande silhouette du directeur ne tarda pas à ouvrir.

– JMJ... cambriolage... sang... dit Emma essoufflée.

– Calme-toi Emma, que se passe-t-il ?

Lucas, bien plus sportif et sans souci respiratoire après un tel effort, prit alors l'initiative d'expliquer au directeur la raison de leur intrusion brutale. Emma, retrouvant un rythme cardiaque normal, souleva le pouce d'une main en signe d'acquiescement.

– Ok, j'appelle la police. N'ayez crainte. Nous sommes dans le même bateau. J'engagerai ma propre responsabilité concernant la véracité de vos déclarations.

L'appel du directeur confirma ses dires : il couvrait les deux adolescents. Il n'avait aucune raison de douter d'eux. Cette affaire devait absolument être prise au sérieux.

– J'espère qu'ils vous croiront, intervint Lucas. Malgré nos précautions, on peut facilement avoir laissé nos empreintes là-bas.

– Comme un cheveu roux par exemple, suggéra Emma.

Lucas ne savait pas s'il devait être rassuré ou pas. En même temps, cette montée d'adrénaline était loin de lui déplaire. Il y a quelques jours encore, il pensait que cette ville était synonyme d'ennui. Comment aurait-il pu imaginer se retrouver au cœur de tels événements ?

Deux inspecteurs ne tardèrent pas à se présenter dans les locaux du Jardin. Ils demandèrent aux deux enfants de répéter une nouvelle fois tout ce qu'ils savaient, sans oublier le moindre détail. Emma et Lucas retracèrent le fil des événements.

– Bien, fit l'un des deux inspecteurs. Je préviens les collègues de la scientifique. On les rejoint sur place.

– On ? se permit d'intervenir Lucas.

– Oui, vous nous accompagnez.

Retourner sur les lieux ne les enchantait guère, mais ils n'avaient pas vraiment le choix. De nouveau sur place, ils eurent l'impression d'être au beau milieu d'une scène de série policière.

– Je ne comprends pas bien ce qu'on fait là ? glissa Lucas à Emma à mi-voix.

– Je ne sais pas trop non plus. Peut-être attend-on de voir quelle est notre réaction. Va savoir si on ne nous soupçonne pas un peu malgré tout.

Les deux amis prirent le parti d'adopter l'attitude la plus neutre possible, répondant simplement aux questions qu'on leur posait. De toute façon, ils avaient déjà tout dit précédemment et n'avaient rien à cacher. Rien ? Pas si sûr. Lucas, d'un œil discret, prêta attention à quelques pots cassés, extraits d'une grande armoire de culture avec bacs de semis et spots intégrés. Il n'avait pas pris le temps de s'y attarder. Les pots au sol étaient vieux. Et vides. En revanche, un même symbole ornait le fond de chaque pot. Certains portaient des mentions latines. Il en parlerait à Emma, plus tard.

– On peut supposer que le propriétaire des lieux ait été enlevé et se soit débattu, déclarèrent les inspecteurs.

« Il n'y a pas à supposer. C'est sûr et certain, pensa Lucas. Je ne vois pas bien JMJ inviter des copains pour une *murder party* ! »

– Jeunes gens, on vous ramène chez vous, ordonna un inspecteur.

Les deux amis montèrent dans le véhicule sérigraphié. La première halte se fit chez Emma. Aucun membre de sa famille n'était présent. Avant que les agents de police ne repartent en compagnie de Lucas, la jeune fille demanda de lui accorder quelques secondes. Elle fila dans sa chambre et revint avec un téléphone portable à la main, qu'elle tendit à Lucas.

– Tiens Lucas, j'ai téléchargé l'application Vegetals, comme promis.

Lucas ne possédait pas de téléphone portable. Emma le savait. Habile combine ! Il prit l'appareil et donna le change auprès des agents en disant :

– C'est bien pratique d'avoir une amie calée à la fois en technologie et en botanique… On se voit demain Em'

La maman de Lucas, en revanche, était à son domicile. À la vue des hommes qui encadraient son fils, son cœur bondit dans sa poitrine.

– Mon Dieu, mais qu'est-ce que…

Le plus gradé l'interrompit aussitôt pour la rassurer, lui exposant la raison de leur présence. Lucas ne fut pas dupe quant au regard discret que lui lancèrent les deux hommes en partant. Il y avait du « on garde un œil sur ta copine et toi » dans l'air.

La mère de Lucas, un peu secouée, vit un point positif à cet événement. Elle venait de découvrir avec satisfaction que son fils s'était lié d'amitié avec quelqu'un dans cette ville.

Ce soir-là, Lucas s'isola rapidement dans sa chambre. Il savait que la tempête qui sévissait sous son crâne était identique à celle d'Emma. Où était JMJ ? Pourquoi l'avait-on kidnappé ? Dans quel état se trouvait-il ?

Bip bip bip, l'écran du téléphone afficha une petite enveloppe. Sms de la petite rousse : « Ne t'éloigne pas du téléphone. J'ai l'intuition que la nuit va être mouvementée. »

5
MAUVAISE PIOCHE

À 23 heures, Lucas cessa de lutter – combat inégal – et sombra dans un sommeil agité. La fatigue avait eu raison de lui, certes, mais même endormi, l'ouragan qui hurlait dans sa tête était toujours là, bien puissant, bien rugissant. Des visions fugaces d'ombres en mouvement, des scènes de lutte qui se déroulaient en un éclair puis s'évanouissaient, le visage de JMJ, puis celui d'Emma, tout cela se mélangeait dans un fatras tourbillonnant et angoissant...

Au plus fort du coup de tabac, une vibration et un bourdonnement de gros insecte repu le firent sursauter et ouvrir les yeux. Il s'assit dans son lit comme mû par un ressort, en nage, se demanda où il était – « dans mon lit, je suis dans mon lit » – et ce que faisait ce téléphone sur sa poitrine – « à qui est ce truc ? » – avant de reprendre pied dans le réel en découvrant le premier sms d'Emma – « mouvements au Jardin » – suivi du second : « activité suspecte. Deux individus viennent de déposer un bidon au pied du *Wollemia nobilis*.

Lucas s'ébroua et composa immédiatement le numéro d'Emma :

– Salut, est-ce que les types bizarres ont vidé le bidon ? dit-il, chuchotant, mais d'une voix aussi rauque que celle d'un fumeur de cigare.

– Non, pas encore. Ils sont partis vers le local technique. *The Eye* est à leurs trousses et les surveille à distance.

– Ok. On fait quoi ? On prévient la police ?

– Non. On perdrait du temps et notre fil d'Ariane. Le drone les suit et j'enregistre tout. Peut-être qu'ils nous mèneront à JMJ. Il y a fort à parier qu'ils vont vite revenir et utiliser le bidon. Je suis sûre qu'il va servir à empoisonner le Wollemia. Même procédé que pour son petit frère l'autre jour. Il faut empêcher ça. C'est la priorité absolue pour le moment.

– Ok. Mais comment on fait ? On rentre dans le Jardin et on vole le bidon ?

– Non, ils s'en apercevraient et on serait grillés. L'idéal serait de remplacer le liquide du bidon par de l'eau. J'ai zoomé tout à l'heure sur le récipient. Il peut contenir deux litres.

– Ok. Je m'en charge. Je prends de l'eau et je file au Jardin. Il y aura bien une poubelle compatissante ou un poteau électrique ami qui m'aideront à escalader le mur. On se tient au courant.

– Ça marche. Je te signalerai tout retour des affreux. Ils semblent actuellement vouloir entrer dans le bâtiment qui longe l'enceinte, à côté de l'enclos des chèvres.

Passe par le mur côté rue Écorchard. Tu arriveras plus vite au niveau du *Wollemia nobilis*. et tu éviteras les méchants.

Ils raccrochèrent ensemble. Ça urgeait ! Les formules de politesse seraient pour plus tard. À pas de loup, Lucas sortit de sa chambre son sac sur l'épaule et son sweat-shirt fétiche sur le dos. Il se munit de gants puis alla récupérer deux bouteilles d'eau à la cuisine – chacune d'une contenance d'1,5 litres – et les glissa dans le sac. Puis il fila à l'anglaise. Un sprint efficace le mena au Jardin en un temps record. Comme il l'avait espéré, une poubelle volumineuse, déjà pas mal cabossée, lui offrait une belle courte échelle. Il prit soin de vérifier l'absence de promeneurs tardifs, poussa la poubelle contre le mur et s'élança. Quelques appuis assurés et il se trouvait déjà de l'autre côté du mur d'enceinte. *In the garden* ! Trente mètres au trot et arrivée. La nuit était claire. Il distingua assez nettement le bidon nocif, calé au pied du pin.

« Respire mon Lucas, respire. Ne confonds pas vitesse et précipitation. » À dire vrai, il n'en menait pas large, mais pas large du tout. Il se concentra, prit une profonde inspiration et fila vers l'arbre. Il vida la première bouteille d'eau à quelques mètres, dans un fourré, puis s'éloigna et au pied d'un petit tulipier remplaça le contenu par celui du bidon. Un peu de liquide gicla sur l'arbre, mais il corrigea son mouvement et n'en renversa plus une goutte hors de sa bouteille. La première fut rapidement pleine. Il restait encore du produit dans le fond du bidon. Un rapide coup d'œil alentour lui permit de situer une poubelle à quelques pas. Il y déversa l'excédent à l'intérieur.

Le plus gros du travail était fait. Il n'y avait plus qu'à vider la seconde bouteille d'eau dans le jerrykan vide.

« Un peu plus léger qu'à l'origine, mais ça devrait passer, surtout si le mec est un peu stressé par sa mission », se dit-il.

Lucas plaça dans son sac les deux bouteilles, l'une vide, l'autre pleine du liquide suspect, et alla se cacher dans un bosquet pour appeler Emma.

– Mission accomplie ! dit-il dans un murmure.

– Parfait. Bravo.

– Du nouveau concernant les *Men in Black* ?

– Ce sont des pros. Ils portent masques et gants et ont réussi à pénétrer dans le bâtiment en deux temps, trois mouvements.

– Le drone les a suivis à l'intérieur ?

– Non je ne peux pas prendre ce risque. Si cet endroit est exigu, il va se faire cramer.

– Ok. Tu sais ce qu'il y a derrière ces murs.

– Non, juste que c'est une partie interdite au public. J'ai toujours cru que c'était un endroit réservé aux jardiniers. Leur local technique ou un truc du genre !

Lucas interrompit la discussion. Il lui semblait avoir entendu un bruit. Comme un froissement... Un oiseau s'envola, fausse alerte.

– Je vais rester tapi à proximité du bâtiment et attendre que les types en sortent pour les suivre.

– Je ne pense pas que ce soit une bonne idée. Je poste *The Eye* à la sortie du local. Il les observera mieux que toi dès qu'ils seront à l'air libre. Mieux vaudrait que tu rentres chez toi maintenant.

Lucas, boosté par le succès du remplacement du liquide toxique, se sentait pousser des ailes, mais il savait qu'Emma avait raison. Il ne lui fallut qu'une poignée de minutes pour, tel un chat, escalader de nouveau le mur d'enceinte du jardin en prenant appui sur un arbre et se retrouver dans la rue. Foulées athlétiques. Clé dans la serrure. Escalier. La porte d'entrée. Traversée de l'appartement sur coussin d'air. Pas de lumière sous la porte de la chambre de sa mère. La sienne. Porte refermée. YES !

– Si ça c'est pas digne d'un superhéros, je veux bien être transformé en bouse de Troll ! se gaussa-t-il *in petto*, lorsqu'il fut sur son lit.

Il saisit le téléphone, en espérant ne rien avoir manqué.

– Arrivé à bon port sans embrouille. Du neuf? demanda-t-il.

– Ça bouge à l'instant même. Un seul des deux bonshommes est sorti du local. Il va tout droit vers le *Wollemia nobilis*.

Lucas croisa les doigts pour que le truand ne s'aperçoive pas de la supercherie. Il informa Emma quant au poids légèrement différent après transvasement. Elle, se mit en mode description clinique :

– Il prend le bidon. Il verse le contenu au pied de l'arbre. *A priori* il ne remarque rien… Il termine son épandage de saloperie. Là, ça y est. Il repart vers le local, le bidon à la main. Il arrive devant la porte. Il s'arrête. Il pose le bidon. Il dégaine son téléphone, le porte à son oreille. Il murmure une phrase. Il raccroche. Il reprend le bidon… Il rentre.

Lucas voyait la scène par les yeux d'Emma qui la voyait par ceux du drone… Drôle de mise en abîme !

– Ça y est, il a disparu. Il n'y a plus qu'à attendre de les voir sortir tous les deux.

Lucas souffla.

– Impec ! Ils n'y ont vu que du feu. Dès qu'ils ressortent, ces abrutis vont nous conduire tout droit à JMJ.

– Oui. Ça ne devrait plus tarder. Leur potion ressemble à quoi ? Elle a une couleur, une odeur particulière ?

Lucas dévissa le bouchon de la bouteille pleine, porta le goulot sous son nez et la leva dans la lumière.

– Rien. Ni couleur, ni odeur, si ce n'est une vague odeur de moisissure. On pourrait presque prendre ça pour de l'eau. Même si j'ai du mal à imaginer les deux affreux se fendre d'une effraction pour aller arroser un arbre !

– Tu m'étonnes ! On a affaire à de vrais experts. Ne touche surtout pas cette cochonnerie à main nue. Il faudra que l'on trouve un moyen de faire analyser ce truc.

– Ouais. En attendant, je vais la cacher dans ma chambre. C'est un lieu sûr.

– La chambre d'un garçon, un lieu sûr ? En voilà un scoop !

Lucas rougit, ravi qu'Emma ne soit pas en face de lui.

– Alors ?

– Toujours rien.

Cette absence de mouvement n'était pas normale, ils le sentaient l'un et l'autre sans oser le formuler. S'il était trop risqué de faire pénétrer le drone dans le bâtiment, rien ne l'empêchait cependant d'en faire le tour.

– Je vais bouger le drone pour voir si une autre issue existe…

– Ok.

Emma manœuvra *The Eye* de sorte à ce qu'il passe au-dessus du toit, puis le fit redescendre lentement le long de la façade attenante à la rue Frédéric Cailleau.

– Nom d'un cactus sans épine ! Merde, merde et merde ! jura-t-elle,

– Qu'est-ce qu'il y a ? Qu'est-ce que t'as vu ?

– J'ai vu qu'on a perdu une belle occasion de retrouver JMJ. Il y a une fenêtre entrouverte au premier, et un pylône électrique à moins d'un mètre. À tous les coups, les enfoirés ont filé par là.

La tuile. De taille cosmique. Mais il fallait absolument ne pas flancher.

– C'est pas grave, dit-il, on a perdu une bataille, mais pas la guerre. Et puis la soirée n'a pas été vaine. On a quand même sauvé la vie d'un *Wollemia nobilis* aujourd'hui…

– On ne peut rien faire de plus ce soir dit Emma. Je replace *The Eye* dans le Wollemia. Et on fait le point sur tout ça dans quelques heures.

– Oui, répondit Lucas. Un peu de pionçage ne nous fera pas de mal.

Lucas, chargé d'adrénaline, eut un mal fou à trouver le sommeil. Un peu de musique calme collée aux oreilles l'y aida. Son premier cours commençant à 8 heures, son roupillon fut de courte durée.

Emma entamait sa journée de collège un peu plus tard. 10 heures du matin seulement. Levée fort tôt, et incapable de traîner chez elle, elle décida de faire un saut au Jardin des Plantes. L'équipe de direction et les jardiniers auraient forcément constaté l'effraction d'hier dans le grand local. La police serait sur les lieux. Elle poserait des questions à tout le personnel. C'était l'occasion d'essayer d'avoir des infos.

Rien ne lui parut pourtant anormal en pénétrant dans le parc. Elle pensa : « L'intrusion a eu lieu dans le local technique. S'il y a du barouf, c'est là-bas qu'il faut aller. »

Mais dans cette zone aussi, tout était paisible. Comme d'habitude. Elle croisa des jardiniers affairés à préparer leur journée, tranquilles, détendus. Pas l'ombre d'un uniforme. Aucune agitation particulière. Emma en fut presque déçue. Les braqueurs devaient être vraiment très doués pour que personne n'ait rien remarqué. L'entrée de cette partie du Jardin était strictement interdite au public. Mais la curiosité d'Emma était trop grande pour s'en formaliser. Elle y alla. À peine s'était-elle avancée de quelques mètres qu'elle croisa un jardinier.

– Hep'mamz'elle, l'accès n'est pas autorisé.

– Euh, c'est-à-dire que...

– Eh, bonjour Emma. Qu'est-ce que tu fais là ? Impossible que l'habituée du Jardin que tu es se soit égarée ! lança un autre homme d'un air jovial.

Une chance, ce second jardinier, car elle le connaissait. Et même bien ! Il intervenait régulièrement durant le cours de botanique. C'était un expert et un poète qui adorait les bons mots ! Tant mieux, elle n'aurait pas à sortir un énorme mensonge. Un demi suffirait.

– Non, je ne suis pas perdue. Je suis juste une indécrottable curieuse... Et j'ai toujours voulu découvrir à quoi ressemblait votre travail. Autant dans le Jardin que dans cette partie privée. Ce que vous cultivez, et comment... ?

– La première chose que l'on cultive ici, ce sont les sourires !

– Les... les sourires ?

– Mais oui. On a une telle diversité de plantes, qu'il y en a au moins une qui pourra plaire à chacun de nos deux millions de visiteurs...

– Deux millions ?

– Oui, un peu plus, tous les ans... Plus prosaïquement, en ce qui concerne le parc en lui-même, tu connais déjà un peu l'activité. L'objectif est que la végétation soit harmonieuse et agréable aux visiteurs, que les plantes soient en bonne santé et que les semis soient réalisés dans de bonnes conditions, ainsi que l'acclimatation des spécimens venant d'ailleurs.

– D'ailleurs ?

– Nous échangeons des milliers de graines chaque année avec d'autres grands jardins botaniques pour compléter nos collections ou fournir des pièces demandées à nos homologues partout dans le monde…

– Incroyable ! Mais comment savoir qui a quoi ?

– Grâce à un système d'information dédié. Un logiciel très bien foutu que tous les jardins implémentent.

– La partie immergée de l'iceberg…

– C'est un peu ça. Une partie immergée qui a planté et qui nous met dans la mer…, euh, dans la mouise.

– C'est-à-dire ?

– L'infrastructure du système s'est comme effondrée. Attaque malveillante, virus ou bug ? Impossible à dire, mais depuis quelques jours nous sommes tous aveugles !

– Tous les jardins botaniques ?

– Tous ceux qui utilisent ce système oui, et ça fait du monde…

– La loose…

– Oui. Plus d'échange de graines, plus de communication à large diffusion pour alerter d'une maladie ou d'un champignon… Seuls les échanges bilatéraux par mails, de personne à personne, nous maintiennent un peu informés.

Emma nota mentalement de parler de ça vite fait à Lucas. Une anomalie technique ? Sans doute, mais qui pouvait prendre un autre sens quand on mettait tout bout à bout… Elle changea de sujet.

– Vous êtes combien, ici ?

– Quinze jardiniers qui n'ont pas le temps de s'ennuyer. Planter, élaguer, tailler, bouturer, tuteurer, désherber, semer, classer…

– Oui, et savoir faire tout ça au bon moment j'imagine.

– Très juste. Sais-tu, par exemple, que les mouvements de la lune sont des alliés précieux pour l'entretien des plantes ? La lune montante est favorable à tout ce qui est au-dessus du sol. La sève des plantes est attirée vers le haut. À l'inverse, la lune descendante est propice aux travaux à effectuer dans la terre, la sève se dirigeant vers le bas.

Ça, Emma le savait. Mais elle écouta attentivement, cherchant le meilleur moyen d'orienter la conversation sur le sujet qui l'intéressait.

– Oui. Et dans ce bâtiment, qu'est-ce qu'il y a ?

Emma soutint sa question en tendant le bras en direction des locaux dont *The Eye* avait scruté la façade la nuit précédente.

– Ah, là-bas, il s'agit des labos et de la graineterie, au premier étage. C'est du travail d'orfèvre qui se pratique là-dedans, crois-moi.

La botaniste passionnée n'eut pas à se forcer beaucoup pour manifester son intérêt.

– Je vous crois à cent pour cent. J'adorerais voir ça…

Le jardinier marqua un bref temps d'arrêt.

– Le règlement interdit l'accès aux personnes étrangères au service. Mais je suis certain que le directeur ne verrait pas d'inconvénient à ce qu'une jeune fille de ta trempe élargisse ses connaissances. Allez, on y va ! Mais vite fait. Il faut que je prenne mon service.

– Génial. Merci !!!

Bingo. Emma est dans la place ! Ils passèrent devant des labos fermés et montèrent à l'étage.

– Les deux pièces de la graineterie. C'est ici que s'opère une partie essentielle du travail de conservation et de sauvegarde. Quand les bénévoles reviennent après être allés herboriser dans la région, ils nous donnent les échantillons...

– Herboriser ?

– Oui. On fixe un ordre du jour, par exemple telle famille de plantes à chercher dans telle portion du territoire et ceux qui se sont inscrits pour la sortie les traquent dans la nature, dans des zones où l'on pense pouvoir en trouver et ils ramènent des spécimens à des fins d'études et de conservation...

– Ok.

– Ensuite, on tamise les plantes pour récupérer les graines. On les trie. On évalue leurs qualités. On les classe. On les répertorie. Mieux vaut avoir de bons yeux et des mains expertes. Et dans la pièce d'à côté, il y a le frigo pour les graines rares et le congélateur blindé pour les graines extra-rares. On les place là après dessiccation.

Le jardinier montra fièrement le frigo et l'armoire grand-froid avec clavier électronique.

– Dessiccation ? Vous asséchez les graines ?

– Oui, on en retire l'eau pour que le gel ne les altère pas et qu'elles n'explosent pas !

– Ah bon ! J'ignorais ce procédé. Si vous avez les graines « stars » ici, il y a donc celles des Wollemia…

Hésitation de courte durée et confirmation.

– Effectivement. Mais que nous ne parvenons pas à faire germer. Pas plus que nos homologues. Tu t'intéresses particulièrement aux Wollemia ?

Elle s'empressa de noyer le poisson en répondant négligemment :

– Ça me traverse juste l'esprit à l'instant. Rapport à ce qui est arrivé à ce pauvre arbre il y a quelques jours.

– Oui… étrange. Pas de cause apparente. Et un vieillissement express…

Emma décida de ne pas pousser trop loin son avantage afin de ne pas éveiller les soupçons. Elle avait ses infos. Effraction non constatée et graines précieuses placées dans un bunker frigorifique. Avaient-ils réussi à l'ouvrir ? Mystère ? La fenêtre de la pièce était toujours entrouverte. Leurs deux regards y convergèrent et, sans un mot, le jardiner alla la refermer, une ombre sur le visage.

– Quelqu'un a dû oublier de la fermer…

Emma se mordit la langue pour ne pas divulguer ce qu'elle savait. Trop tôt. Mieux valait faire le point avec Lucas et aviser ensuite.

– Je ne vais pas abuser de votre gentillesse. Merci mille fois pour cette visite. J'ai appris des choses aussi utiles que passionnantes. Bonne journée à vous, et merci encore.

Elle fila et prit le chemin du collège, des questions plein la tête.

Elle n'aperçut pas Lucas en pénétrant dans la cour de l'établissement. Il faudrait attendre la pause de midi. Un rapide sms ferait l'affaire pour patienter.

« Suis passée au Jardin ce matin. Pas d'effraction constatée. Rien ne semble avoir été volé. On se retrouve à midi. »

« Ça roule. Interminable matinée. Cours ennuyeux. Ad'taleur ! »

Les deux heures bouclant la demi-journée parurent durer mille ans. Ils ne traînèrent pas pour s'échapper de leurs salles de classe respectives dès que la sonnerie les libéra.

– Salut ! Alors, raconte.

Emma expliqua son détour par le local du Jardin des Plantes.

– Bref, à part les images du drone, on n'a rien de concret, dit Emma.

– On a quand même le poison du bidon et l'info sur la panne informatique rétorqua Lucas. Si on arrive à faire analyser la bouteille et qu'on y trouve quelque chose, les images deviendront une preuve beaucoup plus sérieuse.

– C'est juste, mais encore faut-il réussir à trouver quelqu'un de confiance pour l'analyser.

– On peut peut-être en parler au directeur du Jardin. Il serait sans doute capable de nous aider, lui.

L'idée était séduisante, mais Emma se montra hésitante. Le directeur devait être un homme en qui on pouvait avoir confiance, certes, mais si, après tout, ils se trompaient à son sujet. Si lui-même faisait partie d'un vaste complot ? Après tout, il était aux premières loges pour avoir accès au Wollemia sans éveiller les soupçons.

Lucas, qui commençait à la connaître, parvint sans difficulté à déchiffrer la cause de ses réserves…

– Eh, Emma, on parle du directeur là, le gars qui ne vit que pour les sept hectares du jardin. Si tu commences à douter de lui, on est mal ! Et puis, on n'a pas beaucoup d'autres choix. Je nous vois mal débarquer devant Ladoix en lui disant : Bonjour m'sieur, on a un bidon toxique volé à des malfrats. On aimerait bien le faire analyser. Ça vous tente ?

Emma pouffa. Ladoix, le prof de chimie, avait la réputation – ô combien méritée – de se gourer dans toutes ses manips et d'avoir déjà fait sauter deux fois son labo dans son ancien bahut. Par ailleurs, ce qu'il disait sur le directeur était juste, ou en tout cas plein de bon sens. Elle acquiesça donc :

– Tu as raison. Après les cours, on file tout droit le voir. Et on lui balance tout ce qu'on sait et tout ce qu'on a.

– Il faudrait également qu'on se visionne en détail les images du drone. Peut-être qu'un indice nous a échappé !

– On se cale ça après avoir vu le directeur du Jardin. Là, on n'a pas le temps…

Ils filèrent avaler un morceau au self, mangèrent sans parler, trop occupés à tenter de comprendre ce qui se cachait derrière ces faits erratiques, ces meurtres d'arbres, cette disparition… évitant l'un et l'autre, dans la mesure du possible, de penser au sort peu enviable de JMJ. Lucas, sans trop savoir pourquoi, ne croyait pas au meurtre du vieil homme. Il était persuadé qu'il était retenu quelque part, peut-être blessé mais vivant. Ils rejoignirent leurs salles de cours respectives. L'après-midi dura une éternité. 17 heures sonnèrent comme une bénédiction. Ils se précipitèrent vers le parc et le bureau du directeur, en sonnant comme des enragés à l'interphone. La réponse tomba, sèche et frustrante : Absent ! Le boss était en déplacement professionnel.

– Merde alors, c'est pas croyable ça ! pesta Emma.

– C'est vrai qu'on n'a pas trop de bol pour le moment.

Le moral d'Emma filait à grande vitesse vers ses chaussettes à pois. Lucas était à mi-distance entre la colère et la frustration et se consumait de ne pas pouvoir agir. Rester sans rien faire n'était pas envisageable. Il regarda Emma droit dans les yeux, ajusta ses lunettes et déclara avec fermeté :

– On va provoquer un peu la chance. On retourne chez JMJ et on cherche de nouveaux indices.

Un peu chaud comme proposition… voire carrément barje… Oui, mais que faire d'autre… Rien ? Bon, alors on y va !

- Ok.

Quelques minutes leur suffirent pour atteindre la maison du vieux botano-chimiste. Ils échangèrent un regard interrogateur. Devant eux, des scellés barraient l'accès à la porte d'entrée, ainsi que la fenêtre arrière de la bâtisse, fracturée lors de l'agression de JMJ.

– On n'avait pas prévu ça ! dit Emma, jetant un regard alentour pour s'assurer de l'absence de témoins.

Lucas laissa l'adrénaline prendre le dessus.

– Ce sera juste ma deuxième effraction en moins de vingt-quatre heures ! Qui dit mieux ? Personne ? Parfait, alors *let's go !*

Lucas était en phase de libération accélérée. Nantes commençait à le botter sévère. Ni une ni deux, il sortit son canif, attrapa la bande jaune « Ne pas franchir – Scène de crime – Police judiciaire » et trancha le scellé comme s'il s'était agi d'un morceau de beurre, puis poussa le battant de la fenêtre. Ils pénétrèrent dans la maison de JMJ. Être efficace ; ne pas perdre de temps. Ne rien toucher. La police avait pris des photos. Tout devait rester à l'identique. Leurs regards scrutèrent l'espace intérieur avec une attention extrême.

– On se répartit les rôles. Toi au rez-de-chaussée, moi à l'étage.

- Ok.

Lucas fila vers l'escalier, qu'il engloutit en six secondes. Emma fureta dans les pièces d'en bas – vestibule, salon, chambre d'amis, cuisine – en veillant à ne rien déplacer.

Lucas examina la chambre, le bureau et la salle de bain et redescendit, bredouille, moins de cinq minutes plus tard.

– Rien en haut qui attire l'œil. Du bazar certes, mais pas l'ombre d'un indice.

– Pareil ici, s'agaça Emma.

– Attends, attends…

– Quoi ?

– Ça.

Le « ça » désignait les vieux pots de terre cuite brisés, éparpillés au sol, les mêmes que celui que lui avait offert JMJ lors de son sauvetage. Comme il l'avait constaté avec les enquêteurs, ils avaient été arrachés de l'armoire de culture, visiblement vidés et jetés au sol.

– Des pots chez un botaniste. Je ne suis pas certaine que ce soit le scoop de l'année ni une piste sérieuse pour avancer dans notre enquête.

– Je ne sais pas… Je ne suis pas botaniste ni latiniste, mais il y a des numéros sur les pots, comme sur le mien, et des inscriptions au fond et, à défaut d'autre chose, ça vaudrait peut-être le coup de savoir ce que ça signifie…

Emma clicha les formules latines grâce à son portable. Lucas la laissa faire et se rendit dans la cuisine. Une intuition. Quelque chose manquait dans cette maison, il le sentait. Ou voulait le sentir. Il laissa son regard glisser avec attention sur les murs et les sols… Le carrelage – une mosaïque de petits carreaux gris, blancs, bleus et rouges – était fendu par endroits comme souvent dans les vieilles maisons. L'une des fissures, une bien nette et bien droite, filait sous un énorme bahut. Normal ? Sans doute. Rien de plus à signaler ? *Niet, nothing, nichts, nada !*

D'où venait cette impression de manque ? Il n'arrivait pas à mettre le doigt dessus, mais la sensation était tenace. Emma l'appela :

– Il faut qu'on file

Et Lucas laissa son carrelage à regret. Ils quittèrent la maison discrètement et il proposa à Emma de venir chez lui afin de lui montrer le liquide subtilisé la nuit précédente dans le bidon au pied du Wollemia. Peut-être avait-il changé d'aspect ou d'odeur…

– Bienvenue, dit Lucas en entrant dans sa chambre. Merci de ne pas prendre garde au désordre. Les superhéros ont un système de rangement qu'ils sont seuls à pouvoir comprendre.

– Et des pièces de collection incroyables, rétorqua Emma en observant le petit Wollemia dans son pot, installé sur le rebord de la fenêtre.

– Oui, le cadeau de JMJ. Mon nouvel ami. Pas très causant mais sympa !

– Détrompe-toi, les plantes sont plus bavardes qu'on ne le croit. À leur manière…

– Ok, ben en attendant que celle-ci parle, sens-moi ça.

Lucas approcha et ouvrit la bouteille contenant – peut-être – du poison.

– Effectivement. Pas ou peu d'odeur. Pas de couleur. De la flotte ! Mais sans doute pas que !

Elle saisit son portable et afficha les photos prises chez JMJ. En quelques rapides glissements sur l'écran, elle se connecta sur un site de traduction latin-français.

– Espérons que les mots latins vont nous apporter quelque chose !

Elle lança la demande de traduction sur les deux formules recopiées : « *Videtur quod perierat non tueri solum gratis* » traduit par « Quand tout semble perdu, seule la Guilde peut te protéger », puis « *Potius quam proderetur* » donnant « Plutôt mourir que trahir ».

– Morceau de limpidité ! Ça te parle ? demanda Lucas.

– Pas plus qu'à toi, non.

– Lucas, tu es là ?

– Oui…

Le double diplômé ès effractions devint soudainement nettement moins fringant. La porte de la chambre s'ouvrit. Emma sourit. Lucas également, mais avec cet air de navet pas frais qui vous signale une gêne très intense. Il balbutia une sorte de bouillie pas très audible puis se reprit.

– M'man, je te présente Emma, une amie… On est dans le même collège…

– Bonjour madame !

– Salut Emma, répondit sa mère dans un sourire.

Lucas dansait d'un pied sur l'autre. Le sourire de sa mère disait : « Oh, oh, oh, mon fiston se serait-il trouvé une petite chérie ? » La question muette flottait, assourdissante, dans la pièce, quand la sonnette retentit. Alléluia ! Lucas béatifia intérieurement la personne qui interrompait ce calvaire. Sa mère pivota, traversa l'appartement et alla ouvrir la porte d'entrée, Lucas et Emma la suivaient du regard.

Le béatifié se mua en une paire de flics connus… et craints.

Mon Dieu, n'importe qui aurait fait l'affaire… sauf eux ! Les deux policiers croisés la veille se tenaient sur le palier. Emma et Lucas se regardèrent paniqués. Les inspecteurs n'eurent pas besoin de se présenter et, sur un geste de Claire, entrèrent dans l'appartement.

– Nous souhaiterions vérifier quelque chose auprès de ces jeunes gens, madame.

– Euh, oui, quoi ? Vous leur reprochez quelque chose ?

– Pour l'instant rien. Mais ça pourrait changer, répondit le premier policier, l'air sévère.

Son collègue sortit un petit boîtier numérique et demanda aux deux adolescents de satisfaire à un relevé d'empreintes. Les deux hommes se regardèrent et lâchèrent en même temps un « ça matche » qui n'augurait rien de bon.

– Qu'est-ce qui matche ? demanda Claire, angoissée.

– Les empreintes de votre fils correspondent à celles retrouvées sur une scène de crime madame. Pas de traces de celles de la jeune fille mais votre fils est coincé !

– UNE SCÈNE DE CRIME !!! cria-t-elle.

– Il n'est pas accusé de ce crime, mais de bris de scellés et effraction. Je vais vous demander de bien vouloir nous suivre au commissariat. Tous les trois.

Les deux adolescents n'en menaient pas large dans l'ascenseur. La mère de Lucas le foudroyait du regard et faisait des mimiques ridicules avec ses lèvres pour lui demander dans quoi il était allé se fourrer. Ils embarquèrent dans la voiture banalisée et – suprême humiliation pour Claire Destac, ex-Delvignes – croisèrent une voisine qui les salua en fronçant les sourcils devant ce spectacle. Les deux flics ressemblaient vraiment à… deux flics et il n'échappait à personne – surtout pas à cette voisine gentiment sournoise – que le début des ennuis avait sonné pour les nouveaux locataires !

Ils arrivèrent au commissariat central en trois minutes. L'attente dans les locaux de Waldeck Rousseau, comme on le surnommait à Nantes, commença. Et elle fut des plus pénibles. Surtout pour Lucas. Sa mère lui promettait l'enfer, le Vietnam, la guerre de Cent Ans… Elle l'enverrait en internat, chez les dresseurs, les vrais, des moines en robes de bure, des parachutistes haineux… Ça lui passerait l'envie de se retrouver dans des situations pareilles. Il y apprendrait le respect et la discipline. Oh oui, il allait voir…

Emma, elle, appela sa mère et prétexta un possible retard pour cause de travail sur un exposé avec un copain. Pour le moment, seul Lucas était en cause et ils avaient su immédiatement qu'il fallait qu'elle garde son statut neutre pour conserver ses capacités d'action si Lucas était empêché.

– Un copain, toi, ma chérie ? Voilà une bonne nouvelle. Je suis heureuse pour toi, répondit sa mère tout en suivant visiblement une seconde conversation sur une autre ligne.

Au bout d'un moment paraissant encore plus interminable que les cours du collège, ils furent reçus par les deux inspecteurs. Lucas voulut crever l'abcès et, sans attendre que l'un des deux policiers prenne la parole, déclara :

– Messieurs, on ne va pas nier qu'il s'agit de mes empreintes. Je suis retourné sur les lieux de l'agression. Mais la victime est notre ami. Il court un grand danger. Et nous enquêtions.

– Vous enquêtiez ? Vraiment ! Je ne savais pas qu'on recrutait si jeune dans la police de nos jours.

– Et qu'as-tu trouvé mon garçon ? demanda le binôme.

– Rien.

Ils voulaient garder pour eux les informations dont ils disposaient. Ils pensaient pouvoir faire mieux que la police. Ce manque d'humilité allait les conduire bien loin de leurs bases et dans un sacré bourbier, ils allaient bientôt s'en rendre compte, mais pour le moment, ils tenaient tête...

– Bien, vous êtes libres de partir. Toutefois Lucas, tu restes évidemment à la disposition de la justice. Et laissez le travail d'enquêteur... aux enquêteurs.

Un taxi fut appelé par le commissariat pour les raccompagner chez eux. Emma fut déposée la première après que Claire eut demandé le numéro de ses parents. Ça sentait mauvais. Un discret mouvement du pouce signifia à Lucas qu'ils restaient en contact via sms.

Lucas et sa mère arrivèrent chez eux et Claire sortit son portable en regardant Lucas dans les yeux. Trois sonneries. Et puis le déluge !

La conversation avec la mère d'Emma dura au moins un quart d'heure. Tout y passa. Les deux mères tombèrent d'accord. La punition était dure. Assignation à résidence pour une durée indéterminée. Les trajets maison-collège étaient minutés et tout retard entraînerait une aggravation de la sanction.

Lucas fila dans sa chambre en maugréant. Il regarda le rebord de la fenêtre. Le pin dans son pot.

– Toi, mon bonhomme, je suis certain que tu as des choses à nous dire…

6
DANS LA TÊTE DE TIM

Un lion en cage. Un lion hors de lui, l'écume à la gueule, les griffes rétractiles hors de leurs fourreaux. Voilà, en substance, à quoi ressemblait Lucas durant ses premières heures d'assignation à résidence.

– Ça craint à MORT. Bloqué dans cet appartement…

Il labourait le sol de sa chambre à force d'allées et venues, s'arrêtait pour fulminer, puis s'allongeait sur le lit pour se remettre debout quelques secondes plus tard. Entre chaque station, entre chaque juron, un regard appuyé lancé au *Wollemia nobilis*.

– Je ne suis pas botaniste. À part un tronc et des feuilles vertes, je ne vois rien d'autre. Que dalle !

Contacter Emma permettrait de s'occuper l'esprit… Mais ses deux sms et le courrier électronique qu'il lui avait déjà envoyés restaient sans réponse. Pas d'autre choix que d'attendre. Les minutes s'égrainaient avec une lenteur qui défiait les lois de la physique. Et aucune petite enveloppe en provenance de son amie ne s'affichait sur l'écran du téléphone.

« Il me faudrait une machine à avancer le temps », pensa-t-il. Dormir aurait pu être une alternative. Mais c'était complètement impossible. Trop d'images et de pensées fusaient sous ses paupières à peine ses yeux clos. Du plus loin qu'il se souvenait, c'était la première fois de sa vie qu'il rongeait pareillement son frein. D'un autre côté, il n'avait jamais vécu pareille situation.

Étendu sur sa couette froissée, les mains croisées derrière la tête, il finit par traquer les imperfections visibles sur les murs. Il tenta de s'enfoncer dans les fines fissures qui lézardaient la peinture du plafond et des cloisons. Comme l'aurait fait un enfant, il chercha à imaginer les formes que pouvaient représenter ces lignes biscornues. Une grande ligne, qui partait du plafond pour se diviser soudainement en plusieurs autres, attira particulièrement son attention.

– C'est marrant, on dirait presque les racines d'un arbre. Ouais, des racines !

Il regarda de nouveau le petit Wollemia avec attention.

– Des racines, et pourquoi pas après tout, dit-il en se dirigeant vers le petit arbre. J'ai regardé chaque feuille de notre ami. Mais pas ses racines. Ça paraîtrait un peu bizarre de découvrir quelque chose dans les racines d'une plante. Mais après tout, je suis bloqué dans cette chambre. Alors jouer au jardinier ou ne rien faire... C'est parti pour une séance de strip-tease végétal mon coco !

Lucas fila dans l'arrière-cuisine, piqua une bassine, y mit un peu d'eau et, de retour dans sa chambre, saisit le précieux petit arbre. Il plaça le pot dans l'eau, attendit que la terre s'imprègne et devienne très meuble avant d'y plonger une main pour dépoter le bestiau avec précaution. Surtout ne pas abîmer les racines, faire gaffe à l'intégrité de cette petite moelle épinière végétale... Ce serait un crime de lèse-Emma s'il arrivait le moindre souci à ce pote millénaire !

Une fois le Wollemia posé en sécurité sur un vieux papier journal qui absorba l'eau comme un buvard, Lucas frotta les quelques morceaux de terre adhérant encore aux parois du pot. Les yeux du superhéros s'écarquillèrent subitement. Une série de chiffres. Une foutue combinaison.

– 47.220478. - 1.539832 lut-il dans un souffle, les poumons contractés.

Il dégagea encore un peu de terre qui collait au fond du pot. Une inscription accompagnait cette suite de chiffres. En latin, une nouvelle fois : « *Solutio ex inferis* ».

– Encore du latin !

Il se connecta au désormais connu site de traduction. Verdict : « La vérité vient d'en bas. »

– Qu'est-ce que peut bien encore vouloir dire ce truc-là ? En bas. Mais où en bas ? Et en bas de quoi ?

Bip bip. Une enveloppe apparut sur l'écran du téléphone. Un sms.

– Enfin ! s'exclama Lucas en se précipitant sur l'appareil.

Lucas tenta sa chance et appela Emma au lieu de le lire, considérant qu'il y avait peut-être une fenêtre de tir pour une conversation. Bingo ! La jeune fille décrocha à la première sonnerie.

– Que disait ton sms ? Je n'ai pas pris le temps de le lire…

– Il disait que tu pouvais m'appeler ! *Sorry*. J'ai eu le droit à une nouvelle prise de tête avec ma mère. Ça arrive très rarement. Alors deux aussi rapprochées, c'est carrément inédit. Pas pratique d'envoyer des sms en même temps, expliqua Emma.

– La tuile ! Bon, écoute… J'ai trouvé quelque chose…

– *What* ? Raconte !…

– Une piste… disons pas très claire…

– Accouche Lucas !

– Ok…

Silence au bout de la ligne. Emma retenait sa respiration comme un apnéiste en descente vers les abysses.

–…

– C'est une piste… totalement incompréhensible !

– Super !

– Attends… J'ai déterré mon Wollemia.

– Pardon ! T'es complètement dingue. Cet arbre est superfragile… J'espère que tu avais une bonne raison, sinon, je te scalpe.

– On se calme ! C'est temporaire. Et j'ai bien fait je crois.

– OK, étonne-moi.

– 47.220478. - 1.539832.

Il entendit Emma déglutir et souffler par le nez. Ça cogitait sec chez le pilote de drone.

– « *Solutio ex inferis* ».

– …

– La solution vient d'en bas, *dixit* le traducteur en ligne…

– La solution vient d'en bas… une série de chiffres… jolies pistes!!! Où cela en bas? Ça a sûrement un sens. Mais je ne comprends pas où ça peut nous mener. Bon, il faut réfléchir. En attendant, ouvre tes mails, je t'envoie les fichiers des vidéos enregistrées par le drone.

Lucas ouvrit les pièces jointes du courrier électronique qui venait d'apparaître et laissa le temps à la bande passante de déverser ses méga-octets sur son disque dur.

– *A priori* rien de folichon, commenta-t-elle…, bercée par le ronron de la machine de Lucas qui aspirait comme elle pouvait les milliards de bits d'informations vidéo.

– Je regarderai ça en détail quand j'aurai fini de le télécharger. Ça risque de prendre un peu de temps, ma connexion ne vaut pas un clou!

– À part la qualité de l'image, c'est faible niveau infos. On n'apprend rien de plus que ce qu'on avait déjà vu.

La situation était bloquée donc. Au point mort. Comment faire bouger les lignes, détenus par des parents remontés comme des pendules? Ils durent interrompre leurs échanges. Un ordre sec venant de la cuisine imposait à Lucas de venir dîner. Ils se verraient le lendemain au collège et tenteraient de faire le point sur les maigres résultats de leurs investigations.

– D'ici là, essayons de tirer des plans sur la comète concernant le message dans le pot. Qui sait, la nuit nous apportera peut-être une lumière…

– *Fiat lux* !

Si Emma – la seule personne avec laquelle il échangeait – se mettait également à pérorer en latin, son quotidien allait devenir vraiment relou dans les jours à venir !

– *Fiat lux* ?

– Que la lumière soit ! Un truc qui veut dire « j'ai compris » je crois…

– J'en prends bonne note. On va finir l'année bilingue français-langue morte !

Lucas lui envoya un « bisou » qui resta en suspens quelques secondes et qui fut complété par un « bises mon super Lulu » qui le fit sourire et rougir.

À table.

Soirée mutique.

Repas.

Brossage de dents.

Pyjama.

Le portable de sa mère qui sonne, quelque part dans l'appartement. Rare à cette heure-là. Trois sonneries veloutées. Elle décroche. Il distingue à peine ses mots étouffés par les deux portes qui le séparaient de sa chambre. Silence. Un « Mais merde, atterris! » à pleine voix qui indiquait qui était au bout du fil : son père. Un torrent d'émotions le submergea. Comme à chaque fois qu'il appelait : presque jamais. Cette dernière année horrible lui revint comme un boulet de canon en plein ventre. Le bonheur des Landes, d'une vie au grand air, entre forêt et océan. Ses grands-parents chéris. Leur vie d'avant, tous les trois avec ses parents, dans cette maison au paradis. Ses deux potes, Julien et Dieter – un nom allemand pour un Alsacien échoué dans le Sud-Ouest, lesté de parents hippies dont la mère était toujours d'accord pour les emmener surfer.

Son père… le traître. Qui les avait abandonnés. Pour Solange, sa collaboratrice. Une saleté que Lucas avait plusieurs fois rêvé d'étrangler de ses propres mains…

Sa mère, mère-courage. Qui subissait la trahison de son père sans s'effondrer. Rien que pour lui. Qui faisait face en se trouvant un job mal payé pour lequel elle était surqualifiée, à 500 km de chez elle, de ses amies à elle, de sa famille. Qui ne se plaignait jamais.

– Lucas?

Il ouvrit sa porte. Elle se tenait en jogging vert émeraude, un air doux et las sur le visage. Elle lui tendit le téléphone.

– Je ne veux pas lui parler…

– Il le faut. C'est ton père…

– C'était.

– Lucas, ne dis pas de bêtises. Il t'aime et il faut que tu lui parles.

– Il veut me parler ? Qu'il vienne. Qu'il laisse deux secondes ce pot de peinture ambulant pour qui il nous a abandonnés et vienne me voir, face-à-face. Je ne prendrai pas plus le téléphone cette fois-ci que les précédentes. Je ne parle pas aux lâches.

Les yeux de sa mère s'embuèrent. Elle esquissa un demi-sourire triste. Son fils avait son caractère. Un modèle que l'on croyait fragile, mais qui se révélait plus solide que le fer.

Lucas savait que son père avait entendu sa tirade.

Il le détestait.

Il l'aimait.

Il lui manquait comme si on lui avait enlevé un membre. Il savait que, s'il devait entendre sa voix, il lui pardonnerait tout. Et c'est impossible.

– Je t'aime maman.

Elle pleurait. Il referma doucement la porte, s'allongea sur son lit et pleura à son tour, silencieux. Le sommeil le cueillit dans un sanglot.

Il se réveilla en sursaut, au milieu de la nuit. Sa mère était allongée près de lui. Elle dormait. Il la secoua. Elle s'ébroua et lui sourit, se leva et quitta sa chambre sur un « dors bien » embrumé.

Lucas était apaisé. Il se rendormit. Il se sentit brièvement plus fort. À chaque fois qu'il refusait de parler à son père, c'était la même chose : il s'effondrait puis renaissait tel le phénix.

Super Phenix s'enfonça dans les plumes de sa couette et fila vers des rêves de gloire sous les yeux vert d'eau d'une jeune fille à la chevelure flamboyante.

Matin.

Enfin !

Lucas fila au petit déjeuner, affamé. Il attrapa sa mère par le cou et lui colla un bisou mouillé baveux sur la joue, du genre de ceux qu'elle détestait/adorait.

– Ma punition ?

– Maintenue. Mais bon appétit quand même.

Elle lui glissa un muffin chaud dans son assiette, c'est ce qu'il préférait. Avec du beurre – salé – et de la confiture d'abricot. Elle le regarda engloutir le premier et lui en servit un deuxième.

– Maintenue, mais aménageable si tu me ramènes quelques bonnes notes dans les jours à venir !

– Super Lulu peut faire ça. Super Lulu va atomiser son plafond de résultats.

Éclats de rire, comme pour conjurer leur tristesse et sceller ce pacte qui les liait et qui disait : « Nous nous en sortirons tous les deux ! »

Au bahut.

Emma en visu, à 50 mètres.

Bonne nouvelle relative : leurs déboires avec la police n'avaient pas fuité sur les réseaux sociaux. Aucun regard en coin, aucune remarque déplacée de la part des autres élèves.

– C'est pas dommage ! dit Emma. Si quelqu'un nous avait aperçus et filmés, bonjour l'enfer.

– Oh que oui ! Le harcèlement de ces débiles m'aurait bien gonflé.

– Pas eu d'éclairs de génie concernant les formules et la citation ?

– Non…

Il faillit lui parler de sa soirée mais s'abstint. Trop dur et trop intime. Et puis il ne voulait pas que la boule dans sa gorge revienne trop vite. Il s'obligea à faire contre mauvaise fortune bon cœur, même si le panorama des prochains jours était sombre : interdits d'accès au Jardin des plantes et confinés dans leur chambre jusqu'à nouvel ordre, le collège devint réellement leur seul espace de liberté. Qui aurait pu imaginer cela ! Les deux amis en arrivaient au même constat :

– On tourne en rond. Il faudrait qu'on en découvre bien plus sur ces formules latines, répétait Emma.

– Ouais, et qu'on décode cette satanée série de chiffres.

Le temps était suspendu. JMJ, retenu quelque part – mort peut-être ? – et un complot dont les contours étaient aussi nets qu'une flaque de brouillard vue par une taupe. Rien ne pouvait les distraire. Seuls les sms qu'ils échangeaient durant leurs longues heures de solitude atténuaient un peu cette sensation lourde d'immobilisme. Ils rongeaient leur frein en silence, persuadés – à raison ? – que les mécaniques souterraines à l'œuvre dehors poursuivaient leur avancée mortifère et les éloignaient toujours plus de la solution. Et rendaient illusoire l'espoir de revoir JMJ ?

– On serait mille fois plus utiles dehors à le chercher, soupirait Emma.

– Aucune nouvelle de la police non plus, s'indignait Lucas.

– Alors qu'on a été plutôt réglos avec eux, finalement, soulignait Emma.

– Ça confirme l'idée qu'on a eu raison de vouloir mener l'enquête nous-mêmes, conclut super Lucio.

– Ça, c'est clair ! Reste à savoir comment on va bien pouvoir se débrouiller pour avancer sans éveiller les soupçons. De nos familles. De la police. Et des affreux.

Le samedi matin, Emma se réveilla après une nuit agitée. De vagues souvenirs de cauchemars, des brumes d'épouvante, Lucas, Tim… Quelques secondes lui furent nécessaires pour reconnecter son cerveau à la réalité. Tim…

Emma ne l'avait pas revu depuis la scène de la fontaine Wallace où un imbécile lui avait subtilisé son herbier. S'en étaient suivies la rencontre d'Emma et Lucas, puis l'apparition de JMJ.

Elle fila prendre son petit déj et vida trois grands bols de céréales pour conjurer les cauchemars de la nuit. Une douche brûlante. Emma était d'attaque.

Elle attrapa son téléphone, alla dans son répertoire de contacts et trouva le numéro qu'elle cherchait :

« Maman de Tim ». Cinq sonneries et une voix de femme à l'autre bout de la ligne.

– Allô ! Bonjour madame, c'est Emma.

– Emma ?! Comment vas-tu ?

– Bien merci. J'aimerais inviter Tim à passer à la maison dans le week-end. Par la même occasion, s'il lui était possible de récupérer mon classeur de botanique et de me l'amener, ce serait super. Je n'ai malheureusement pas eu l'occasion d'assister aux cours ces derniers jours.

La maman de Tim accepta et rendez-vous fut pris pour le lendemain, dimanche, après qu'Emma en eut informé sa mère. Elle s'installa ensuite dans le canapé du salon, long comme un porte-avions et lança l'application Vegetals.

– Voyons, comment se porte le bébé de m'sieur Hookman…

La cote du Wollemia grimpait chaque jour davantage. Bientôt il atteindrait des sommets de popularité. Et il n'était pas le seul à voir sa notoriété s'envoler. Quelques autres plantes, toutes rares, se hissaient rapidement vers les hauteurs du classement. Les espèces menacées ou endémiques avaient le vent en poupe.

Vegetals était un révélateur des atteintes à la biodiversité, un outil fantastique pour prendre conscience de la fragilité du vivant et du risque systémique que l'agriculture intensive, la déforestation et l'exploitation à tout crin des ressources minérales faisaient courir à la planète.

– J'espère que ces succès ne leur porteront pas la poisse ! dit-elle en détaillant le top 10.

Depuis les déboires vécus par le petit Wollemia, elle craignait que les vedettes de l'application Vegetals ne subissent toutes le même sort.

Emma quitta Vegetals et attaqua sa revue de presse hebdomadaire : sites dédiés à la botanique, aux grandes explorations sur le climat – elle se passionnait pour les récits de Jean-Louis Étienne, suivait les campagnes du voilier Tara sur tous les océans du globe et dévorait les reportages de l'explorateur Sebastian Copeland... – et fit tour d'horizon de ses sites préférés.

Tela botanica pour commencer, sur lequel elle lut un article qui signalait que les premiers coups de pioches du jardin botanique Hookman avaient été donnés près de Miami en Floride. Le jardin était à la mesure de l'ambition de son créateur – et de sa fortune – : immense. Plus de 600 hectares !!! Elle poursuivit pour se perdre avec bonheur dans des infos connexes et les notices, sauta ensuite d'un site à l'autre comme un cabri, fit une embardée par le WWF et Kokopelli, et finit sa course à travers le cyberespace à son point de départ : sur Tela botanica. Elle y trouva des renseignements sur les plantes vedettes de l'application de Hookman.

Une info dans les news – qu'elle n'avait pas remarquée à son premier passage – attira son attention. Les hakers faisaient le buzz. Le site avait compilé des titres de la presse régionale, nationale et internationale qui disaient tous la même chose : Gros dégâts dans les systèmes d'information des jardins botaniques... À Montpellier, le Midi-Libre titrait « Les pirates montent dans le bateau vert ». À Limoges, Le Populaire du Centre s'inquiétait : « Quand le ver numérique ronge la pomme botanique ». « Hackers botanique, nouveau hobby ? » questionnait Le Progrès à Lyon. Un article du journal Genève Matin, en dehors de la sélection mais bien en évidence, acheva de la plonger dans le désarroi ! Elle s'empressa d'appeler Lucas.

– Mauvaises nouvelles ! dit-elle

– Promis, c'est pas moi ! rétorqua Lucas en voulant détendre l'atmosphère.

– Les systèmes d'information des jardins cèdent les uns après et les autres et il semblerait que le Wollemia ne soit pas la seule victime...

– Un autre arbre du Jardin ?

– Non, une plante rare. En Suisse. Je te lis/résume l'article :

« Le directeur du Conservatoire et des Jardins botaniques de Genève tire la sonnette d'alarme »

« La Pulmonaria Helvetica, communément appelée le "Poumon suisse", une plante endémique poussant entre le lac de Neuchâtel et le Léman, en danger ? Sans raison apparente, les spécimens conservés au jardin botanique de Genève sont morts en quelques jours. *"La gravité de la situation réside dans le fait que nous parlons ici d'une espèce endémique. Ce qui veut dire que les spécimens suisses sont les seuls connus sur la planète"*, précise l'un des jardiniers. Sans être clairement formulée, l'idée d'un acte de vandalisme caractérisé est dans les esprits. *"Nous allons demander aux autres jardins si des décès de ce type ont eu lieu chez eux, même si la panne qui affecte notre système d'information rend la chose plus complexe. Nous avons l'habitude de travailler en réseau et ce désordre informatique est une épine supplémentaire dont nous nous serions bien passés"*, nous confie le directeur du Jardin, l'air inquiet, pour conclure : *"Dans son souci de conservation de la biodiversité et du respect de l'environnement, établis par la convention de Rio de 1992, l'une des missions des Jardins botaniques à travers le monde est de contribuer à la protection et au développement des espèces rares. C'est dans ce cadre que le Conservatoire et les Jardins botaniques de Genève collaborent étroitement avec l'un des huit laboratoires de l'université de Genève et d'autres Jardins botaniques à travers le monde. Nous savons que d'autres jardins conservent des graines de Pulmonaria, mais la situation reste inquiétante..."* »

Emma laissa sa phrase en suspens et asséna le deuxième coup de marteau :

– La fin de l'article annonce que la graineterie du jardin aurait fait l'objet d'une tentative d'effraction, heureusement avortée.

– Hein? Non!? Merde alors, c'est une épidémie... ça craint! Et si en plus les jardins ne peuvent plus s'échanger d'infos...

– Ouais... Par curiosité, je suis allée regarder si le *Pulmonaria* apparaissait sur Vegetals. Et devine quoi!

– Elle cartonne à fond, comme le Wollemia ?

– Bingo !

Lucas tentait de mettre toutes ces nouvelles infos en perspective. Le *Wollemia nobilis*, les hacks sur les systèmes d'information, la disparition de JMJ, maintenant la fleur suisse et la tentative de cambriolage à Genève… Tout cela était-il lié ? Y avait-il un sens caché ? Il le pressentait fort, fort, FORT !

– Et on est bloqués entre quatre murs, pesta-t-il.

– Ouais, nos mouvements sont limités. Mais nos mains ne sont pas liées. On a toujours accès à Internet. Il faut qu'on creuse.

Emma était à l'aise dans le domaine des recherches en ligne. Elle maîtrisait ces vastes espaces numériques et elle se sentait prête à croiser le fer avec la Toile ! Ils se partagèrent les tâches : Emma essaierait de trouver des infos inédites qui lui auraient échappé sur les sites spécialisés, Lucas continuerait à plancher sur la série de chiffres.

Super Lulu n'avait pas récupéré la mission la plus facile !

Au boulot !

La matinée du samedi passa vite.

Leurs appels ressemblaient à des matches de ping-pong. S'ils ne s'appelaient pas, ils faisaient fuser les sms. La mère de Lucas venait régulièrement interrompre les discussions. Lucas servait inexorablement la même excuse : Emma était sa seule amie dans cette ville. À qui d'autre pouvait-il s'adresser s'il ne comprenait pas un exercice de maths, français ou anglais ?

– Je cause boulot avec Emma. On a le même exercice de maths. La police ne m'a pas encore interdit de faire des maths !

Lucas brandissait une feuille de papier avec une série de nombres, validant sa remarque. De nouveau seul, il retournait à cette énigmatique suite de chiffres. « Tu parles d'un exo de maths ! Sa solution n'est pas dans les livres à celui-là ! »

La journée passa, puis la soirée arriva sans qu'il ait avancé d'un pouce. Seules des ratures noircissaient sa feuille. Un vrai chef-d'œuvre d'art contemporain ! À court d'idée, il eut son amie au téléphone pour la 456e fois.

– Je sèche. Impossible de trouver un sens aux chiffres du pot. Additions, soustractions, divisions, multiplications. Combinaisons en tous genres. Rien, *nothing*, *nada*. Une après-midi de recherche pour rien. Et toi ?

– Pas mieux. Absolument rien de croustillant à se mettre sous la dent. Tim vient à la maison demain après-midi. Il pourra peut-être nous donner des *news* du Jardin.

– Espérons-le !

Lucas suggéra à Emma de tenter, malgré tout, d'utiliser à nouveau le drone. Devant la pauvreté de leur pêche aux indices, peut-être que *The Eye* pourrait débloquer la situation. Une virée nocturne de la libellule du côté du Jardin ou de chez JMJ...

Peine perdue. Emma ne pouvait pas se permettre une nouvelle escapade de l'engin :

– Non, ce serait trop risqué. Et je dois rendre l'appareil à mon père qui rentre de congrès lundi. Le moindre incident et on est complètement foutus. Quitte à tenter le Diable, autant que ce soit pour quelque chose qui en vaille la peine. Se faire pincer alors qu'on est chez nous serait la chose la plus absurde qui puisse nous arriver.

– Mais qu'est-ce qu'on peut faire en attendant ?

Emma proposa à Lucas d'essayer de trouver quelque chose concernant les guildes botaniques. Il pourrait se connecter sur le site Gallica, le site de la Bibliothèque nationale de France aux millions de livres numérisés. On ne savait jamais. La chance allait peut-être finir par leur sourire. Quant à elle, elle scruterait de nouveau toutes les images fournies par le drone, dut-elle s'en arracher les yeux. Lucas l'avait également fait sans rien trouver de signifiant.

Les deux amis se replongèrent donc dans leurs recherches. Absorbés par leurs tâches, ils ne voulaient pas terminer cette journée bredouilles. Le temps passa sans qu'ils s'en aperçoivent. À tel point que deux heures s'écoulèrent sans appel ni sms. Un record absolu !

– Alors, t'as trouvé un truc sur les images ? demanda Lucas quand ils reprirent contact.

– Franchement, pas grand-chose d'affolant, répondit Emma déçue. À part le fait que mes yeux ont triplé de volume. J'ai cru tenir quelque chose à un moment. Un des *Men in Black* avait son téléphone à la main.

J'ai essayé de voir l'écran. Mais le rendu du zoom était beaucoup trop flou pour une si petite surface.

– Faudra que tu dises à ton père de bosser sur le grossissement, plaisanta Lucas.

– Mouais… Et toi, des *news* sur les guildes ?

– Je crois que j'ai suffisamment lu de documents historiques pour le reste de mes jours. Mais concernant des guildes botaniques, pffff, pas de quoi casser trois pattes à un canard. J'ai juste noté qu'un type nommé Pierre Chirac avait créé une société des Jardins du Roy au début du XVIIIe siècle. Sous Louis XV… La belle affaire !

La journée des deux adolescents se termina ainsi. Entre papiers griffonnés et yeux explosés, le moral au fond des chaussettes.

Lucas ne put s'empêcher de ruminer la signification de la mystérieuse série de chiffres, éprouvant le besoin de se relever pour y réfléchir. Sans succès. Il alla même jusqu'à compter le nombre de feuilles du petit Wollemia. Ce qui, bien évidemment, n'avait aucun sens. « Tu dérailles mon Lucas, tu dérailles méchamment. Tu ferais mieux de dormir ! » Ce qu'il fit plutôt mieux que mal !

Dimanche.

Grasse matinée pour les deux explorateurs. Coup de fil de service avant le déjeuner, avec peu ou rien de neuf à se mettre sous la dent. Tim et sa maman se présentèrent à 14 h. Emma était ravie de le revoir. Outre ses connaissances botaniques, Tim était vraiment un garçon qu'elle appréciait. Sa fragilité l'avait touchée dès leur première rencontre. Tim n'était pas bavard. Excepté en sa compagnie. Son trouble, l'autisme, faisait de lui un être à part. Tim réfléchissait différemment. Son esprit fonctionnait autrement. C'était peut-être pour cela qu'il était si bon botaniste. Emma était convaincue qu'il comprenait les choses – et les plantes – d'une autre façon que le commun des mortels. Il voyait et analysait le monde sous des angles différents, tout simplement.

Emma s'isola avec Tim dans sa chambre. Elle le remercia d'avoir ramené son cahier/herbier et en profita pour évoquer le Jardin des Plantes :

– Quoi de neuf au Jardin mon Tim ?

– Les jardiniers sont à cran. Complètement à cran.

– Pourquoi ? Il est arrivé un autre drame, un autre arbre ?

– Oui. Complètement mort. Bon pour le feu.

Emma sentit le sang quitter le haut de son corps. Son cœur se mit à battre plus rapidement et sa gorge devint sèche.

– Le *nobilis*. C'est le grand *Wollemia nobilis* qui a été tué ?

– Non, pas lui. Lui il va très bien. C'est celui d'à côté qui est raide mort. Le tulipier. Tout sec sans aucune raison, comme le petit Wollemia l'autre fois.

Emma repensa à la sortie de Lucas. Lors du transvasement du liquide du bidon dans la bouteille, il se trouvait près d'un arbre. Un peu du produit – il y en avait trop – avait dû être déversé sur ses racines.

« Merde, pensa Emma. Même poison, même résultat. Cette saleté est drôlement efficace ! »

Elle se contint pour ne pas exploser. Elle regarda fixement Tim et lui dit :

– Mon Timmy, il faut que je te dise une chose très importante. J'ai une mission à te confier.

Tim ne répondit pas et se contenta d'écouter, son regard naviguant d'un coin à l'autre de la chambre. Emma le connaissait assez pour savoir que cette attitude ne nuisait pas à sa concentration. Bien au contraire.

– Le beau *Wollemia nobilis* est en danger. Je ne sais pas encore pourquoi, mais il court un grand risque en ce moment. Promets-moi d'avoir un œil sur lui. Et, surtout, si tu vois des bonshommes en costumes noirs s'approcher, tu me préviens tout de suite. Tu feras ça pour moi, Tim ?

– Ok, Emma.

Emma appela Lucas et mit le haut-parleur pour une petite conférence improvisée.

– Salut mister botanique ! lança Lucas.

– Salut, super herbier, répondit Tim.

Emma résuma les informations de Tim et exposa la mission qu'elle lui avait confiée.

– Ok. Alors merci de devenir nos yeux, Tim. On va pouvoir te surnommer Mister Eyes. Un nouveau superhéros dans la bande.

– Pas de problème, répondit le jeune autiste, j'aime les superhéros.

La conversation se détendit et Lucas tenta quelque chose.

– Tiens, puisqu'on parle de superpouvoirs, est-ce que Mister Eyes saurait nous sortir de notre labyrinthe de chiffres zarbi ?

Emma joua le jeu et montra les deux séries à Tim. Sans réfléchir, l'enfant déclara :

– Longitude et latitude.

– Pardon ??? répondirent les deux autres d'une même voix.

– Longitude. Latitude, répéta-t-il.

Un court silence suivit les paroles de Mister Eyes.

– Tu en es certain, Tim ? demanda Lucas dont le ton n'était plus du tout à la plaisanterie.

– Longitude. Latitude, répéta-t-il une nouvelle fois, sans la moindre hésitation.

Lucas bondit sur son ordinateur. Il se connecta à Hookle Earth et rentra les coordonnées GPS correspondant aux chiffres qui lui avaient donné tant de mal depuis des heures, des jours.

– Hé, Lucas, tu es toujours là ?

– Ouais, un peu que je suis là ! Tim, tu es un génie. C'est dingue !

– Mais qu'est-ce qui est dingue ? Allez, crache ta valda, bon sang !

– JMJ.

– Quoi JMJ ?

– Les coordonnées GPS qui correspondent aux chiffres nous envoient au 7 avenue des Trois-Frères. Tu situes, belle rousse ?

– La maison de JMJ. Et si on y colle l'inscription latine qui était dans le pot à côté des chiffres…

– Oui, exactement. « *Solutio ex inferis* » : « La vérité vient d'en bas. » C'est sous la baraque de JMJ que tout s'explique.

Lucas gueulait comme un perdu, un marin dans la tempête. La joie qu'il ressentait se doublait d'une sacrée dose de frustration. Coincé ici !

– On n'était pas loin l'autre jour, Emma. J'en avais l'intuition. Le pas grand-chose qui nous manquait se trouvait à portée de main.

Il étouffa un énorme juron. Il bouillait intérieurement. Puis il ajouta :

– J'irai là-bas. Peu importe ma mère ou la police.

– Et comment comptes-tu t'y prendre ?

– Je ne sais pas encore. Mais je te jure que je trouverai un moyen et que j'irai.

7
LES VIRTUOSES

Lucas fulminait. Lucas avait le Vésuve pour cerveau et l'Etna dans la poitrine ; il était éruptif, volcanique, il bouillonnait comme une flaque de lave en fusion. L'adrénaline traversait son corps à la manière d'une Formule 1 sur le circuit du Castelet. Il était une gigantesque tempête tropicale, un maelstrom d'émotions qu'il peinait à contenir... Il sortirait. Il braverait l'interdiction de sa mère, les injonctions fermes des deux inspecteurs et se rendrait chez JMJ. Quoi qu'il lui en coûte.

Restait, toutefois, à ne pas faire n'importe quoi. Se rater était inenvisageable et il n'aurait qu'une seule chance. La prochaine étape était un fusil à un coup. Le sort de l'enquête en dépendait. La vie de JMJ aussi.

Lucas rumine.

Lucas réfléchit.

Il n'y a que deux options possibles. Une de jour. L'autre de nuit. En plein jour, c'est compliqué. Ça veut dire agir à découvert, en pleine lumière, tout en séchant les cours. « Maman sera au courant en dix minutes.

Autant signer tout de suite mon arrêt de mort. Il ne reste que l'action de nuit. » Lucas savait qu'il lui faudrait se rendre seul sur les lieux. Emma était bloquée. De jour pour les mêmes raisons que lui. De nuit, car le code de l'alarme de l'appartement familial avait été changé depuis leurs déboires judiciaires. L'immeuble d'Emma était par ailleurs ultrasécurisé et un gardien à l'ouïe particulièrement fine veillait au grain. Foutue résidence pour riches ! Résultat : la jolie sorcière rousse était murée dans une prison, une prison dorée certes, mais une prison quand même !

Leurs discussions étaient 100 % centrées sur la réduction des risques.

– Il faut absolument que tu passes inaperçu. Un faux pas et c'est foutu.

– On évite les soirs de pleine lune et de nuit dégagée. Il me faut un gros couvert nuageux pour filer à l'anglaise et cavaler jusque chez JMJ. Si une voiture de patrouille en maraude me voit cavaler à minuit, tu peux être sûre qu'ils me coffrent aussi sec.

– Il te faudra passer sous les réverbères…

– Ils sont espacés dans la rue d'Allonville et inexistants dans l'avenue des Trois-Frères. Météo France annonce de grosses masses nuageuses pour mercredi à partir de midi. Mais pas de pluie. Idéal. Ça m'évitera de mettre de la flotte et de la boue partout chez JMJ.

Le site de Météo France, toutes les demi-heures pour confirmer les prévisions.

Mercredi tenait la corde.

Mercredi était dans les têtes maintenant.

– Parfait, on cale ça. On sera prêts, trancha finalement Lucas, remonté à bloc.

– Oui. D'ici là, il faut qu'on trouve un moyen d'être en lien continu, précisa Emma.

– Nos portables ?

– Il nous faut plus. J'aimerais voir ce que tu verras. Et avec les téléphones, de nuit, ça ne marchera jamais.

Après quelques instants de réflexion, Lucas proposa :

– J'ai bien une idée. Mais il va falloir que tu uses de tous tes talents de persuasion.

– Pardon ?

– Il faut que tu parviennes à convaincre ton père de te laisser utiliser *The Eye* encore une fois.

– Aucune chance. Il n'acceptera jamais et, même si c'était le cas, diriger *The Eye* à une telle distance sera au-dessus de mes capacités de pilote.

– Et si tu n'avais pas à le diriger ? Si c'était moi qui m'en chargeais.

– ???

Lucas développa son plan, pas peu fier de sa trouvaille.

– Je fais le mur. Je passe au pied de ta résidence. Tu ouvres ta fenêtre. Tu fais décoller notre insecte. Tu le fais descendre jusqu'à moi. Tu lui fais sortir ses pattes et tu les accroches à ma tignasse, juste au-dessus du front. Activation des caméras infrarouges et hop, ni vu ni connu, tu vois en temps réel la même chose que moi.

Compliqué, mais pas si stupide. Lucas poursuivit :

– Quatre yeux vaudront mieux que deux.

– Et six mieux que quatre ! ajouta-t-elle.

Emma lui annonça sa volonté d'inclure Tim dans la boucle d'opération. Il faudrait qu'elle refile un smartphone à son protégé – pas trop compliqué, il y en avait plein la maison – et Tim serait fatigué le lendemain, mais sa perception des choses, si singulière, était un atout dont elle souhaitait disposer. Sans lui, ils chercheraient encore la signification des chiffres. Impliquer Tim était aussi logique que nécessaire.

Lucas acquiesça. Puis se concentra.

Durant toute la fin du dimanche après-midi, tel un skieur visualisant mentalement la course qu'il s'apprêtait à faire, il s'employa à détailler l'itinéraire qui le conduirait sans encombre jusqu'à la maison du vieux scientifique. Ensuite, c'était plus flou et il évitait de trop y penser : trop d'aléas et trop d'inconnues pour une planification fine…

De son côté, Emma repartit en chasse, cherchant à en savoir plus au sujet des intrusions dans les systèmes informatiques des Jardins. Ce hack n'était plus un secret et les articles de presse, forums et autres commentaires fleurissaient désormais sur le Net. Les théories se multipliaient. Farfelues ou sérieuses. Emma tria ce qui lui semblait intéressant. Au gré des nombreuses pages qu'elle avait imprimées, elle se rendit compte qu'elle plongeait dans un océan de données qui passaient très haut au-dessus de ses compétences. Elle pouvait parler de botanique, mais l'informatique, l'algorithmique, qui noircissaient désormais des dizaines de feuilles étalées sur sol de sa chambre, étaient aussi incompréhensibles que du chinois. Elle n'en viendrait pas à bout seule. Et Lucas ne lui serait d'aucun secours. Elle le savait. Elle savait aussi que sa sœur, Flavie, pourrait, elle, lui ouvrir un chemin dans tout ce charabia informatique.

Flavie. En école d'ingénieur, férue d'informatique. Sa sœur.

Différence d'âge, passions divergentes, elles ne partageaient pas grand-chose, sinon des parents communs. Pas de conflits à déclarer. Pas d'effusions affectives non plus. Deux êtres qui se croisaient de temps à autre. Voilà tout. Mais Flavie était la seule option pour Emma.

Toc toc toc !!! Emma frappa à la porte de la chambre de son aînée.

– Mouais…

– Euh, c'est Emma. Est-ce que je peux te déranger cinq minutes ?

– Humm, ouais, rentre.

Emma pénétra dans la chambre. Une chambre ? Une caverne plutôt. Les volets étaient fermés et la seule source de lumière provenait d'écrans d'ordinateurs allumés. Quatre écrans ! Et, au sol, des tours de PC démontées… « Un peu zarbi l'ambiance », pensa Emma en avançant.

Sa frangine devait être le seul cas connu de fille de millionnaire – son père leur assurait que c'était pour bientôt, elles s'en fichaient – qui avait sombré dans la culture geek à ce niveau-là. Flavie était donc en école d'ingénieur et se destinait à bosser dans le domaine de l'intelligence artificielle et du *deep learning*, la science qui apprenait aux machines à… apprendre ! Quelques tableaux accrochés aux murs représentaient des vues aériennes de villes visitées : New York, Los Angeles, Berlin, Milan…

À dire vrai, Emma ne se souvenait absolument pas de la dernière fois qu'elle avait franchi cette porte. Cela se comptait-il en mois ? Emma décida de ne pas entrer immédiatement dans le vif du sujet. Après tout, les occasions de parler à sa sœur n'étaient pas légion. Autant en profiter un peu.

– Tu as l'air crevée ! Ça va ? entama-t-elle.

– Mouais, pas mal débordée. Des cours chargés. Pas tous forcément intéressants, répondit Flavie.

Pas le moral, la frangine ! Elle aurait besoin d'un peu d'action. Faudrait qu'elle se mette à la botanique. C'était mouvementé en ce moment, la botanique !

– Moi qui croyais que les écoles d'ingénieur étaient le top pour faire la fiesta et rencontrer plein de monde ! plaisanta Emma.

– Pas avec les mous du genou qui suivent les mêmes cours que moi en tout cas. Des arriérés qui estiment du plus haut comique de voir une fille faire de l'informatique… Ils me prennent pour un cyborg, genre Schwarzy en Terminator ! Et, à part deux ou trois cas isolés, ils rêvent tous d'une situation chez Hookle ou Amas-Zone. Ils ne pensent qu'au fric. C'est blaireaux-school cette école !

Emma pouffa de rire. Elle n'imaginait pas sa sœur capable de ce genre de vannes. Comme Flavie joignait le geste à la parole, mimant le Terminator… elles se marrèrent. C'était tout à fait nouveau !

– Il faudrait que tu me rendes visite plus souvent Emma, dit Flavie.

– Je crois, oui. Surtout si tu invites un de tes « potes » de classe en même temps…

– On n'ira pas jusque-là ! Bon, dis-moi, tu n'étais pas venue ici pour savoir comment j'allais. Qu'est-ce qui t'amène ?

– J'ai besoin d'une traductrice. J'aimerais comprendre ce qu'il y a écrit sur ces pages. Je sais juste qu'il s'agit d'un virus informatique. Ça pourrait sans doute te parler, à toi ! Moi, je suis larguée…

– Un virus tu dis ?!

Virus ! Le mot avait fait mouche à l'oreille de Flavie-la-neerd.

– Hum, montre un peu de quoi ça a l'air.

Emma posa l'épaisse liasse de feuilles en équilibre sur un clavier. Flavie se plongea vite fait dans la masse d'infos, passant de l'une à l'autre rapidement. Puis elle revenait sur certains feuillets qu'elle mettait de côté, délaissant complètement certains autres, jugés sans intérêt. Emma ne manifestait aucune impatience. Sa sœur semblait captivée. Au bout d'un moment, sa bouche s'étira sur un sourire de lionne. La prédatrice tenait quelque chose.

– Allez Flav', lâche le morceau !!!

Flavie fixa sa sœur dans les yeux.

– On va avoir besoin d'aide, dit-elle.

– Les arriérés ?

– J'ai mieux. Je te présente Spicy, Nuts, Crazy et Amazing, dit-elle en pointant du doigt les quatre écrans d'ordinateurs.

– Tu donnes des noms à tes ordis ???

– Tu en donnes bien aux plantes toi ! Et ce sont bien plus que de simples bécanes. Ils sont mes fidèles lieutenants. Ces machines-là sont paramétrées par mes soins pour aller chercher ce que l'on n'a pas l'habitude de trouver, cocotte.

Flavie se lança dans un drôle de ballet. Elle tapait sur les touches des différents claviers à une vitesse prodigieuse. Chaque geste était précis. Chaque minute qui passait semblait ajouter une ride supplémentaire sur son front et des lignes de codes sur l'un des écrans. Puis, tout à coup, peut-être 25 minutes plus tard, elle s'arrêta. Ses yeux pétillaient. Elle était en ébullition.

– Qu'est-ce qui se passe, lança Emma, un problème ? Tu as trouvé quelque chose ?

– On devrait vraiment se causer plus souvent, sœurette ! dit Flavie.

– Je suis d'accord, répondit Emma, à la fois ravie et impatiente d'entendre ses révélations.

– Je te passe les détails techniques qui te saouleraient…

– Ok.

–… Je suis parvenue à me glisser dans les zones de travail des ingénieurs qui tentent de réparer les SI des Jardins botaniques.

– Les SI ?

– Systèmes d'information.

« Incroyable ! Ma frangine est un pirate ! »

– Et je dois bien t'avouer que ce virus est une saloperie.

– Ok, alors raconte-moi… avec des mots normaux. Pas en geek-langue, *please* !

– Pour faire simple, j'ai eu accès à ce qu'essaient de faire les informaticiens des Jardins botaniques pour lutter contre *E-devil*.

– *E-devil* ?

– Le surnom que je viens de donner au mutant…

– Ok. Et ?

– Et honnêtement, je ne sais même pas si on peut appeler ça un virus. C'est un monstre. Un foutu alien…

– Explique…

– À chaque fois que les gars pensent avoir isolé et compris la bête, elle mute aussitôt et devient encore plus destructrice. Du grand art ! Terrible, mais du grand art. Ça dépasse mes compétences. Et de ce que j'ai vu, ça dépasse les compétences de tout le monde. Ou presque. Pour réussir à piger précisément le phénomène, il faut du geek supérieur, du geek de l'ombre, du geek qui surfe à la limite du correct, voire un peu de l'autre côté de la vague.

Emma plissa les yeux. Sa chère sœur, capable de frayer hors des clous ? Avec des vrais gangsters du Net ? Incroyable !

– Et tu connais ce genre de personnes ? demanda Emma.

– À qui donc crois-tu parler petite ? Les génies qui seront au bout de la ligne dans une minute sont les Mozart du hack.

– Si tu le dis…

Elle ne prit pas son portable, mais lança une appli sur l'un de ses écrans.

– Service d'appel crypté. Pas de trace, pas d'écoute possible. De toute façon, je ne peux pas les joindre autrement…

– Qui est-ce ?

– Je ne les connais qu'en ligne. Des légendes. Deux frangins. Avec lesquels j'ai, disons, sympathisé. Où ils habitent ? Partout et nulle part. Ici ou au Groenland… personne n'en sait rien.

Une tonalité sourde et rapide, différente de celle des portables, résonna dans la chambre… Puis un souffle. Flavie embraya direct.

– Allo ! Salut Virt', c'est Flav'. J'ai du premier choix. Du comme tu n'as jamais vu… Ouais… Mutation rapide et aléatoire, schémas combinatoires illisibles… Ok… Ok, merci, je t'envoie ça tout de suite. Mets ton frère sur le coup. Il y en a assez pour deux, crois-moi.

Fin de la conversation. Les informaticiens ne sont pas de grands bavards, tout le monde sait ça. Flavie quitta l'appli. Emma la regardait interloquée.

– Virt' ?

– Ouais, c'est le diminutif de Virtuose et de Virtuel. Ce qui leur va comme un gant. Si eux ne trouvent pas la solution, je ne vois pas qui en sera capable. Vu la complexité du codage, il va falloir attendre un peu. Quelques heures, peut-être une journée ou deux.

– On fera avec. Sans eux et toi, je n'aurais rien eu de toute façon. C'est cool. Merci Flavie.

– *De nada*, cocotte. Je te tiens au courant dès que j'ai des *news*, conclut l'aînée avec un large sourire.

Emma le lui rendit et, sur une impulsion, lui posa une bise fugace sur la joue, puis sortit vite fait en rougissant. De retour dans sa chambre, elle s'assit sur le rebord de son lit et prit une grande inspiration. Ces instants avec Flavie l'avaient secouée. Agréablement, mais elle était retournée. Étrange que ce petit mouvement de tendresse envers sa sœur, somme toute banal, la gêne à ce point. Tu parles d'une famille, toi ! Mais à bien y réfléchir, jamais encore elles n'avaient eu l'occasion d'échanger de la sorte. De grande à grande ? La Flavie de cette fin de dimanche après-midi était différente de celle qu'elle connaissait. À moins que ce ne fût elle qui, en allant vers sa grande sœur, avait montré un autre visage ? Plus avenant ? Plus mûr ? Plus intéressant ? Peut-être…

La fin du dimanche se traîna.

Elle échafauda des plans – bancals – pour convaincre son père de lui laisser *The Eye*. Compliqué de lui expliquer les choses trop crûment. « Tu vas rire, on va se refaire une petite virée de nuit chez notre vieux pote botano-chimiste disparu afin de trouver son repaire souterrain et mettre à jour un complot… » Pas très vendeur.

D'un autre côté, soustraire *The Eye* purement et simplement était impossible. Son père conservait tous ses prototypes dans une immense vitrine, derrière son bureau, et l'absence de *The Eye* se verrait comme le nez au milieu de la figure. Et, en plus, le *father,* complètement parano, avait fait poser une alarme sur la vitrine. Mes chéries, avait-il coutume de dire, ici sommeille notre avenir. Donc, pas de vol de nuit, comme dirait Saint-Ex !

Trouver une excuse ? La botanique ? Trop tard, déjà fait.

Flavie ? L'idée fit son chemin…

Lucas, pour sa part, s'était métamorphosé en athlète de haut niveau. Il répéta 3 000 fois mentalement son parcours nocturne à venir, se voyant plus rapide que Flash, plus fort que Dardevil…

Le lundi, les échanges au collège tournèrent autour de l'absence de *The Eye*… Sans doute parce qu'ils s'interdisaient de penser à leurs futures trouvailles chez JMJ, s'y voyant déjà ! Superstition ? Un peu sans doute. « Ne vendons pas la peau de l'ours… » était leur mantra muet.

Sortie du collège. Tim devant la grille. Emma lui remit un téléphone et lui expliqua brièvement comment s'en servir et ce qui se passerait mercredi. L'échange ne dura pas plus de quelques minutes. Tim trouva parfaitement naturel que Lucas aille fureter chez JMJ et il entra dans la logique de l'interface du smartphone comme si c'était lui qui l'avait imaginée. Ce môme était une énigme et un pur génie.

Toujours pas le début du commencement d'une idée pour mettre la main sur le drone. Son père rentrait vers 20 h d'un salon en Allemagne et Emma commençait à se dire qu'il faudrait faire sans leur libellule. Ce qui revenait à laisser Lucas seul et sans aucun moyen d'enregistrer ce qu'il verrait. Lui faire utiliser un portable? Dans le noir, la caméra du téléphone était inopérante et il devrait avoir les mains libres pour chercher.

Emma balança son sac et se jeta sur son lit : « Trouve une solution. MAINTENANT. »

Flavie?

Toc toc toc. Flavie justement passa sa tête dans l'entrebâillement.

– Tu peux venir dans ma piaule s'te plaît?

Emma ne se fit pas prier

– Assieds-toi, dit Flavie.

– Du nouveau?

– Un peu mon neveu. Mais c'est donnant-donnant. Je veux savoir dans quoi tu t'es embarquée. Si les parents apprennent ce qu'on vient de découvrir avec les Virt', ta situation passe de punition à internement.

Emma blêmit.

– Tu ne vas pas…

– Leur dire? Non. Mais toi, tu vas tout me déballer. Parce que les trucs qu'ont trouvés mes deux potes, c'est du très costaud ma chérie. Si eux ont peur, c'est vraiment que les choses sont dangereuses et que tu as mis le doigt dans un champ de mitrailleuses… Dans quel bourbier es-tu allée te fourrer ?

Pourquoi lui cacher ? Jouons franc jeu ! Venir frapper à la porte de sa sœur incluait forcément ces révélations, tôt ou tard. Elle le savait au fond d'elle-même. Emma lâcha le morceau et raconta toute l'histoire : le lancement de Vegetals par Hookman, sa rencontre avec Lucas, le sauvetage de Tim, leur amitié naissante avec Jean-Marie James Ecolloyd – « drôle de nom », lâcha Flavie – la mort du petit Wollemia, puis la disparition du vieux monsieur, les deux inconnus qui commettent une effraction jamais détectée dans la graineterie et qui cherchent, la même nuit, à empoisonner le deuxième spécimen de pin, la substitution du liquide par Lucas, la mort du tulipier sans doute liée au fait que Lucas avait dû déverser le trop-plein de poison près du pied de l'arbre. Et leur deuxième « visite » chez JMJ, les flics, leur placement en résidence surveillée… Elle informa également Flavie de tous les à-côtés signifiants qu'elle avait agglomérés à leur enquête : l'empoisonnement de plantes endémiques à Genève, le hack sur les systèmes d'information qui rendait tout échange de graines entre les jardins pratiquement impossible et les scores stratosphériques des plantes rares – dont celles qui mouraient – dans l'appli Vegetals… Elle lui parla aussi des formules latines et de la dernière – « *Solutio ex inferis* » – suivie des séries de chiffres décryptées par Tim.

Flavie ouvrait des yeux de chouette effraie complètement hallucinée par cet enchaînement de faits ahurissants, apparemment convergents, mais sans logique claire. Le monde de la botanique, du végétal et les défenseurs de la biodiversité étaient pris en étau entre plusieurs menaces absolument flippantes.

– La vache ! Tout ça mit bout à bout, ça fait un sacré truc…

– Ouais…

Emma se tâtait. Lui dire ? L'informer de l'opération commando prévue pour mercredi soir ? Avait-elle le choix ? Certainement pas.

– Voilà, on en est là… Mais ça ne veut pas dire qu'on va s'arrêter là…

– Qu'est-ce que tu racontes ?

– Mercredi soir, on envoie Lucas pour qu'il trouve un accès pour se rendre sous la baraque de JMJ…

– Vous êtes complètement oufs !!! Vous vous êtes déjà fait piquer par les flics. Emma, je crois que tu ne te rends pas compte. Ce que les Virt'ont trouvé… C'est… comment te dire ça… C'est un virus tueur répliquant et mutant qui n'a pas pu être mis au point par deux génies dans leur garage…

– C'est plus méchant ?

– Plus méchant, plus violent, plus élaboré… Ce que je veux te dire, c'est qu'un virus de ce type ne peut avoir été mis au point que par une équipe lourde, probablement payée sur fonds gouvernementaux. C'est un programme à plusieurs millions d'euros.

– Tu plaisantes ?

– Je ne plaisante plus du tout. Je ne sais pas si tout ce que tu m'as raconté est lié, mais rien que ce virus prouve que les gens qui sont derrière ça ont un plan pour lequel ils ont dépensé plusieurs millions. Et, sans vouloir manquer de respect à ta discipline, qui voudrait dépenser des millions pour des plantes vertes ? Il y a autre chose de plus grand et de plus dangereux derrière tout ça, Em'… Des gens prêts à tout. À tuer peut-être…

Ce fut au tour d'Emma d'accuser le coup. La situation virait à la conspiration internationale. Des gens puissants étaient à la manœuvre.

Elle prit conscience de leur inconscience.

Elle se tassa. Et dut s'avouer qu'elle avait une trouille de tous les diables.

8
SOLUTIO EX INFERIS

Emma repartit à sa chambre comme une funambule. Elle avait la désagréable sensation de marcher sur un câble tendu entre deux falaises. En dessous ? Torrent furieux, roches déchiquetées et alligators affamés. Elle composa le numéro de Lucas les yeux mi-clos en essayant de faire le point.

Le jeune garçon décrocha instantanément – logique – et Emma lui résuma d'une voix blanche sa conversation avec Flavie. Lucas, d'habitude si prompt à vouloir en découdre, resta silencieux. Le Superhéros avait perdu de sa morgue et son enthousiasme légendaire s'était effrité sur le mur des réalités. Lui aussi prit peur. Il était courageux, mais pas totalement cinglé, et il dut admettre que ce qui se tramait était trop gros pour eux.

– Qu'est-ce qu'on fait alors ? On arrête et on balance tout à la police ?

– On va se faire assassiner. Dissimulation de preuves et non dénonciation d'un cambriolage… Je crois qu'on peut être condamné pour ça.

– On est coincés…

Leur silence en dit long sur leur état. Les découvertes de Flavie et des Virt'les avaient anéantis. Ils ne se sentaient plus de taille à affronter de pareils ennemis, des gens capables d'agir dans plusieurs pays et de dépenser des millions de dollars pour mettre au point des attaques informatiques aussi sophistiquées. Lucas brisa la chape de plomb.

– On ne s'est jamais posé la question du « Pourquoi ».

– Pourquoi quoi ?

– Pourquoi des gens aussi puissants, un État peut-être, s'en prendraient-ils à un vieux monsieur, aux jardins botaniques, aux plantes… Ça n'a aucun sens !

Emma repensa à la phrase de sa sœur : « Sans vouloir manquer de respect à ta discipline, qui voudrait dépenser des millions pour des plantes vertes ? » Triviale, mais factuellement juste. Emma n'avait pas la réponse. Lucas non plus.

Reprendre leur petit bout d'enquête ? Pour ne pas se faire avaler par le trou noir ? Rester concentrer ?

– Tu as eu une idée pour le drone ?

Emma n'y pensait plus…

– Non. Je pensais en parler à Flavie mais elle m'a coupé la chique avec son truc d'agences gouvernementales et de tueurs…

– Ouais, je comprends…

– J'y vais. Je vais lui parler. Je te rappelle.

Emma raccrocha et fila dans la chambre de sa sœur, entrant comme une tornade.

– Qu'est-ce qu'on fait ? On ne peut pas abandonner JMJ !

– Dites tout aux flics…

– On a dissimulé ces preuves et passé sous silence un cambriolage… On va finir en prison !

Flavie regarda Emma. Sa sœur était encore une enfant. Une enfant perdue au milieu d'une tempête. L'aider ? Se fourrer dans les ennuis pour lui filer un coup de main ? C'était sa frangine après tout… Oui, mais les Virt'lui avaient collé une sacrée pétoche : « Flav', tu devrais t'éloigner de tout ça. Les mecs qui ont codé sont des tueurs, métaphoriquement parlant, mais leurs employeurs, n'en doute pas une seconde, doivent avoir de vrais tueurs en réserve. Vous risquez de vous faire dégommer, au sens tout à fait physique du terme… »

Et merde…

– Qu'est-ce que vous vouliez faire chez JMJ ?

– Trouver le labo secret – il doit y en avoir, c'est obligé – et voir ce qu'il avait découvert. S'il a été enlevé, c'est qu'il était sur une piste. Et s'il a donné le pot du Wollemia à Lucas, c'était pour qu'on puisse intervenir… en cas de problème. On s'était dit que Lucas pourrait y aller avec le drone de papa et filmer tout ce qu'il verrait.

– Tu voulais piquer *The Eye* à daddy ?

– Je tourne ça dans ma tête depuis des jours, mais je ne vois pas comment faire…

Flavie resta silencieuse quelques instants, puis adressa à sa cadette un sourire espiègle.

– Tu aimes les loisirs créatifs et la peinture ?

Emma la dévisagea comme si elle était ivre.

– Qu'est-ce que tu racontes ?

– Tu aimes peindre ?

– Oui. Non. Je ne sais pas…

– Dis oui…

– Oui…

– Alors au boulot !

Deux heures plus tard, Emma repassait un coup de fil à Lucas. Elle était complètement surexcitée.

– C'est bon. On a le drone. Ou, du moins, on l'aura mercredi !

– Quoi ??? Ton père te le prête ?

– Tu rigoles !

– Alors ?

– Flavie !

– Quoi, Flavie ?

– Elle a les plans du drone. Et une imprimante 3D dans sa piaule !

Emma lui expliqua le principe. Elles allaient « imprimer » le drone – sans les systèmes électroniques ni les caméras embarquées naturellement – mais il ferait suffisamment illusion dans la vitrine pour que son père ne remarque pas la substitution.

Et les codes de l'alarme de l'armoire vitrée/blindée ? Flavie les avait piratés avant même qu'ils n'aient été entrés dans l'ordinateur domotique de l'appartement.

Les deux jours qui suivirent furent employés à peindre la reproduction du drone et, concernant Lucas, à s'entraîner mentalement à sa mission.

Emma s'appliquait et, le mardi soir, la réplique factice était prête. Leurs talents de faussaires étaient indéniables. Elles avaient convenu d'opérer l'échange le plus tard possible, soit le mercredi avant le dîner.

Ce qui fut fait en un tournemain. Leur père leur jetait néanmoins des regards obliques, mais pour une autre raison. Ce si soudain rapprochement ne lui disait rien qui vaille. Leur mère, adepte de la philosophie positiviste et du laisser-faire, le calma, mettant ça sur le compte de la punition, et se disant que, décidément, elle avait su mettre au point un modèle d'éducation tout à fait novateur et efficace. Ne pas empiéter sur leur vie, laisser ses filles s'épanouir, mais sévir quand il le fallait.

Hum…

Mercredi, 23 h.

Les lampes de chevet des parents s'éteignent.

Les portables de Flavie, de Tim, de Lucas et d'Emma prennent du service.

Lucas s'habilla. Comme un ninja : survet'noir, sweet noir, cagoule noire, baskets noires. Autour de sa taille, une ceinture-banane aux couleurs de l'Angleterre, d'un goût douteux, souvenir d'un voyage à Londres. Il y avait glissé une clé USB (ordre de Flavie qui lui fournit, via Emma, une bête de guerre d'un téra de stockage), son portable et l'oreillette qui le maintiendrait en contact permanent avec leur QG opérationnel : la chambre de Flavie. Sur son dos, un sac noir, dans lequel il avait mis, sur une impulsion, la bouteille avec le liquide suspect.

À minuit, il prit le large en douceur. Il était d'un calme olympien. Étrange.

À minuit et une minute, Emma se glissa chez sa sœur.

Lucas, dans la rue, oreillette en place et micro devant la bouche : « J'arrive. »

Nuit d'encre, nuages, pas de lune, juste quelques trous dans l'obscurité : les réverbères. L'air était doux, presque tiède – réchauffement climatique ? – et il partit en petites foulées pour rejoindre l'immeuble d'Emma.

Il trotta le long des voitures en stationnement, prêt à se tapir entre deux autos si une patrouille venait à passer. Il n'y avait personne.

Les filles suivaient sa progression en comptant ses inspirations et expirations qu'elles entendaient dans le haut-parleur.

– Je suis en bas.

Il vit une fenêtre s'ouvrir et la voix d'Emma qui lui parvint dans le même mouvement :

– Ne bouge pas, enlève ta capuche, je pose le drone sur tes cheveux…

– Tu me vois ?

– Comme un éléphant dans un couloir.

Il sentit plus qu'il n'entendit la libellule atterrir délicatement sur le haut de son crâne et les petites pattes crocher dans ses cheveux pour s'y arrimer solidement.

– Tim est en ligne ?

– Salut Super Lucas. En forme ?

– J'ai la patate Timmy, surtout quand je sais tes yeux sur ma tête. Dès que tu vois quelque chose qui t'interpelle, tu m'arrêtes, hein ?

– Ok.

Lucas ne voulut pas traîner dans les rues. Il se hissa comme un suricate, en vigie, et balaya du regard l'espace alentour. *Nobody* ! Il partit comme une fusée, ses longues jambes trouvant tout de suite le bon rythme. Il accéléra. La rue d'Allonville était déjà là. Il s'arrêta avant d'y entrer, se baissa, avança à croupetons, risqua un œil.

Personne. Ça repart ! Avenue des Trois-Frères, jusqu'en haut, jusqu'au 7.

Il pénétra dans le jardin, courut vers la fenêtre cassée à l'arrière du bâtiment. De nouveaux scellés en barraient l'accès. Nouvelle effraction... Jamais deux sans trois ! En avant ! Trouver une porte, une trappe, n'importe quoi qui donnait accès en bas. Il y avait forcément quelque chose.

– Je compte sur vous trois pour me dire si je loupe quelque chose.

Savoir que tous voyaient les mêmes images que lui et pouvoir entendre le son de leur voix ou de leur respiration le rassurait. La solitude, la pénombre, le silence pesant de la maison fracturée étaient un peu moins oppressants.

Il parcourut le salon. Inspection rapide et précise du sol et du bas des murs. Rien. Il entendit les souffles des filles et de Tim dans son oreille. Ils ne lui disaient rien. « Ok. On cherche ailleurs. »

La chambre du bas peut-être ! Ça pouvait être logique, la chambre… Une ouverture sous le lit ? Un peu classique, mais pourquoi pas.

Le lit – qu'il eut tôt fait de déplacer – couvrait un plancher dont les lattes de bois étaient jointives, sans faille ni fissure indiquant une trappe. Il ouvrit l'armoire. Peut-être un double fond ? Il avait vu ça dans un film un jour. Chou blanc.

Chercher ailleurs. Vers la cuisine. Précautionneusement, en évitant de marcher sur les débris de pots cassés et les restes de verres brisés. La cuisine et son intuition qui revint au galop. « C'est là. Je le sens. » Le grand meuble massif, portes grandes ouvertes, calé contre le mur du fond, attirait à nouveau son attention. À l'origine, un meuble de rangement. Mais là…

Le vieux bahut croulait sous les journaux, les tubes à essais et les fioles renversées, les dossiers étaient éventrés, les flacons tombés ou brisés. Signes du cambriolage ou traces d'une remise en place express avant la lutte de JMJ avec les méchants ?

Lucas murmura dans l'oreillette un « Je crois que c'est là » et se prépara. Il retroussa ses manches. Le meuble paraissait lourd, mais le carrelage presque lisse devait permettre de le faire glisser. Il se faufila entre le mur d'angle et le bahut pour le faire bouger vers la gauche. Il assura sa prise de ses mains gantées et lança une première poussée ferme mais sans à-coups, les fesses en appui contre le mur derrière lui. Le meuble bougea légèrement. Il mit un peu plus de poids dans son effort et le buffet se déplaça de trente bons centimètres. Lucas transpirait, plus sous le coup de l'adrénaline qui saturait son système nerveux que de l'effort. « Un dernier coup de collier, mon gars, et tu y es ! » Il prit un grand bol d'air et poussa. La masse de bois brun se décala comme sur un coussin d'air. Ok! Lucas se mit à genoux, la frontale balayant déjà le sol. L'endroit laissé vacant par le bahut n'était pas couvert de poussière. Le carrelage était uni. La faille qui l'avait attiré la fois dernière se prolongeait et formait un rectangle parfait, de la taille du vaisselier. Mais rien pour ouvrir, rien qui indiquerait une trappe. Rien sauf... Lucas colla son nez au sol : un léger courant d'air lui chatouilla les narines. Il poursuivit son exploration, centimètre par centimètre... Bingo ! Une poignée rétractile était cachée dans le carrelage, invisible car carrelée elle-même. « T'es un malin JMJ ! » Il la délogea de son petit fourreau en « U » planqué dans les carreaux de faïence et la tira vers lui.

– Ben merde alors...

Trappe ouverte. Au-delà, un puits d'un noir d'encre plongeait vers le centre de la terre. Une échelle de coupée, avec ses cercles de protection en fer, était fixée à même la pierre. Lucas avait la gorge sèche et les mains moites.

– Vous voyez ce que je vois ?

Flavie fut la première à répondre, dans un souffle.

– Un peu mon neveu...

– J'y vais.

Vu où était placé le drone, les trois absents voyaient presque exactement ce que voyait Lucas. Ils eurent donc l'impression de saisir eux-mêmes le premier barreau de l'échelle, de poser le pied sur le troisième, et de descendre.

Lucas, au septième échelon, risqua un œil vers le bas et tous crurent déceler le sol deux mètres en dessous. Ce qui se confirma quand Lucas toucha terre et se retourna. Le faisceau de la lampe du drone se perdit dans un boyau noir comme le charbon. Un tunnel de forme rectangulaire, maçonné en grosses pierres érodées, et dont il était impossible de voir le bout. Le garçon s'engagea, pas rassuré pour deux sous.

– J'espère que je ne vais pas me faire bouffer par une espèce de monstre…

– Les monstres n'existent pas.

La petite voix de Tim, sérieuse et calme, lui permit de retrouver son sang-froid en un battement de cils. Décidément, ce jeune gars avait de l'aplomb. Il parcourut une dizaine de mètres pour se casser le nez sur une porte blindée en acier mat sur laquelle était gravé le même bateau que sur la boîte aux lettres. En dessous, épousant la forme des vagues, l'inscription GDJDR. Complètement dingo !

À droite de la porte, un pavé numérique électronique était faiblement éclairé par une petite diode blanche.

– La tuile, il faut un code…

Flavie fut la plus prompte :

- 47.220478. - 1.539832

– Tu crois ?

– Si JMJ voulait que vous trouviez son repaire, il serait logique qu'il ait pensé à vous donner un moyen d'y entrer…

Lucas entra la première série de chiffres – 47.220478 – et un chuintement doux se fit entendre, suivi du bruit sec de trois pennes en métal qui sortaient de leur logement. La porte s'entrouvrit vers l'intérieur.

– Ben mes cocos, vous parlez d'une cave à vin… JMJ doit avoir des sacrées bouteilles pour les protéger comme ça…

Emma pouffa et Lucas poussa la porte qui s'ouvrit en grand. Une lumière crue et blanche inonda immédiatement la pièce. Allumage automatique. Emma quitta le mode infrarouge et activa la caméra normale du drone.

Et là, le choc !

Lucas balaya l'espace pour que tous puissent se faire une idée exacte de la disposition des lieux. Jean-Marie James Ecolloyd n'était pas n'importe qui. Ce gars-là devait probablement bosser pour les services secrets de l'Oncle Sam. Dans leur esprit à tous, seule la CIA pouvait se payer ce genre de salle secrète : une pièce carrée d'au moins 10 mètres par 10, murs en pierre, sol en béton noir, éclairée par des néons blancs aveuglants, quatre paillasses en porcelaine blanche – deux devant, deux derrière – installées comme dans un labo de chimie. Au-dessus des paillasses, de grands bacs en plastique, des béchers, des éprouvettes et des tas de fioles de produits inconnus. Il y avait aussi des loupes binoculaires, deux spectromètres, un microscope à balayage électronique… !

Sur le mur, à gauche de l'entrée, un pupitre avec ordinateur intégré surmonté de quatre écrans plats qui projetaient des images du Jardin, de la maison et du couloir souterrain qu'avait emprunté Lucas.

JMJ avait truffé sa baraque de caméras.

Pas banal, le mec !

Il avait donc pu voir ses agresseurs arriver et boucler son labo pour les attendre en haut, remettre le bahut en place pour qu'ils ne trouvent pas l'accès. Ou se faire surprendre dans la maison, auquel cas ils n'auraient rien découvert.

Emma lisait dans les pensées de Lucas.

– Flavie, tu saurais extraire les enregistrements à partir de ce pupitre ?

– Si enregistreur il y a… Il se peut que ce soit juste une captation d'images en temps réel. Lucas, tu peux t'approcher s'il te plaît ?

Lucas alla vers le pupitre et laissa son regard errer sur la console et sur l'écran d'ordinateur, pour que Flavie puisse se faire une idée.

– Attrape la souris,

– Ok.

– Secoue-la.

– Ok.

L'écran s'alluma.

– Double-clique sur l'icône « Mes enregistrements ».

– Ok…

Une trentaine de fichiers avec leurs dates apparurent.

– On ne va pas les regarder maintenant. Tu as la clé USB ?

Lucas l'avait déjà sortie de sa ceinture banane.

– Branche-la et fais un glisser-déposer de tout le dossier « Mes enregistrements » dans l'icône de ta clé.

Lucas s'exécuta et s'apprêtait à l'éjecter, mais Flavie l'arrêta :

– Fais la même manip pour tous les dossiers installés sur le bureau et ensuite va dans le menu, clique sur « Mes documents »… Ok, copie-moi tout ça aussi…

Lucas était à la manœuvre mais le poids des fichiers était tel que le téléchargement allait durer un peu. La voix de Tim résonna dans l'oreillette.

– Lucas, tu peux aller vers la paillasse numéro 3 s'il te plaît ?

Mécaniquement, comme un robot, Lucas laissa la machine cracher ses données dans sa clé et se dirigea vers les paillasses.

De grands bacs en plastique translucides, remplis d'une terre noire dont la surface était striée de filaments blancs, s'alignaient sur les carreaux de porcelaine…

– Tu peux t'approcher ?

Lucas colla son nez sur la terre. Tim murmura :

– … De l'armillaire… À différents stades de croissance. Fais un pas à droite… Oui… Attends… La vache, ce spécimen est balaise. Un peu trop pour de l'armillaire…

– L'armillaire, quézaco ?

– Un champignon basidiomycète lignicole et un redoutable tueur d'arbre…

– Un petit truc filandreux comme ça qui te tuerait un arbre ?

– Oui. Ses sporophores se développent en grandes touffes sur les racines des arbres et les font pourrir.

– Tu crois que c'est ce qui a tué le Wollémia et le tulipier ?

Emma fut la plus rapide à répondre :

– Pour le tulipier, ce serait envisageable, mais pour le Wollémia, je ne pense pas. L'armillaire s'attaque aux feuillus, rarement aux conifères. Par ailleurs, si c'était lui qui était en cause, les jardiniers en auraient trouvé des traces…

Lucas était perplexe. Pourquoi JMJ collectionnait-il des champignons tueurs d'arbres… ?

Une idée. Pas plus bête qu'une autre : Lucas se défit de son sac à dos et en sortit la bouteille.

– Emma, Tim, est-ce que vous croyez que je peux essayer de verser le liquide chelou sur l'armillaire, histoire de voir sa réaction ?

Tim hurla dans ses oreilles.

– Lucas, tu es un génie ! Oui, absolument.

Il dévissa la bouteille et versa une petite rasade de liquide dans le bac devant lui.

– Il ne se passe rien…

– Attends…

Ils ne respiraient plus. Trois secondes, dix secondes, vingt secondes…

– Regardez !

Le filament d'armillaire se dilata d'un coup, comme si on venait de lui injecter un gel en silicone dans tout le « corps ». L'armillaire venait de se faire un shoot de Botox comme les bimbos dans les clips de rap ! Il grossit, se tortilla, prit des proportions considérables jusqu'à couvrir entièrement la terre puis se stabilisa... Au bout de quelques instants, le processus s'inversa. Le champignon se rétracta en quelques secondes saisissantes, puis reprit sa forme originelle. Pour une courte durée. Il se contracta à nouveau, comme aspiré de l'intérieur. Et il disparut !

– Ça alors ! Je n'ai jamais rien vu de tel ! Emma ?

– Pareil Tim. C'est incompréhensible.

La voix de Lucas résonna dans les casques :

– Ça sent le bolet à mort. Est-ce que le bolet bouffe de l'armillaire ? Ce qui expliquerait pourquoi aucune trace n'ait pu être détectée !

Emma se sentit fondre. Le gros dur en avait dans la caboche. Ça ne pouvait être que ça !

– Lucas, prends l'éprouvette qui est devant toi et, avec la cuiller qui est sur la paillasse, prélève un peu de terre du bac. Voilà. Mets-la dedans et referme-la avec le petit bouchon de liège... Voilà, parfait.

Flavie interrompit la manip.

– Je ne voudrais pas vous presser, mais il faudrait peut-être se speeder un peu. On ne sait pas ce qui peut se passer...

Lucas comprit le message et retourna vers la console. Il jeta un œil sur l'ordinateur pour savoir où en était le téléchargement. 68 %. Ok.

La voix d'Emma se fit toute petite dans l'oreillette :

– Lucas, tu peux relever la tête ?

Ouch ! Deux hommes franchissaient le petit muret du jardin. Lucas accusa le coup.

– Merde, les tueurs !

Il se figea devant la console et suivit la progression des silhouettes. Elles étaient comme lui, vêtues de noir, masque sur le visage et gants aux mains.

– Je suis foutu... Pourquoi ce soir ? Pourquoi ils viennent ce soir ?

Tim fit ce que l'on attendait de lui : il brandit le tison de la logique.

– Parce qu'ils ont dû mettre une caméra dans le jardin pour surveiller le repaire de JMJ et se mettre en chemin quand ils t'ont vu entrer par la fenêtre...

Ça se tenait.

– Je suis foutu...

Lucas se mit à paniquer et à courir partout dans le labo à la recherche d'une arme. Il entendit le bruit des semelles toucher les barreaux de l'échelle.

– Va fermer la porte du labo, hurla Emma !

Il se rua vers la porte grande ouverte au moment où l'un des deux hommes touchait terre, faisait volte-face une arme à la main et le mettait en joue. D'une poussée de l'épaule énorme, Lucas referma la porte blindée. La détonation et le bruit de l'impact de la balle sur l'acier lui entra dans les os. Il s'effondra, en catatonie.

La voix d'Emma, douce, chantait tout bas à son oreille.

– Lucas, remets-toi debout.

– Je ne peux pas. Je suis paralysé…

– Fais un effort mon super Lucio…, je suis sûre que tu peux y arriver…

Luttant contre sa tétanie, Lucas mit un genou au sol, puis deux… et regarda l'écran qui filmait le couloir. Les deux flingueurs connectaient un boîtier électronique au pavé qui commandait la porte. C'était une question de minutes pour que leur rossignol électronique trouve la combinaison.

Lucas sut alors vraiment ce qu'était la peur.

Ils allaient le tuer.

9
LES LABORANTINS

– La porte se pousse vers l'intérieur, Lucas, donc il faudrait que tu puisses la bloquer avec quelque chose de lourd…

Emma avait dit ça comme ça, pour lui signifier qu'il n'était pas seul, qu'elle était là. Son cœur faisait des bonds dans sa poitrine et, à cet instant précis, elle aurait donné tout ce qu'elle possédait pour être avec lui dans ce foutu labo. Des larmes perlaient à ses paupières et elle sentit la main de sa sœur agripper la sienne. Sur les lèvres de Flavie, muettement, cette supplique : « Appelons la police. » Emma acquiesça au moment où ses sentiments pour Lucas explosèrent dans sa poitrine comme une grenade. Lui, toujours prêt à aider les autres, au mépris du danger et des risques, à qui elle n'avait jamais accordé autre chose qu'un statut de compagnon d'armes. Son partenaire en actes de bravoure délictueux, qu'elle venait de condamner en l'envoyant seul dans ce guet-apens souterrain. Lucas… Lucas… Sauf qu'il n'était plus question de sauver Tim d'une bande de petits roquets des bacs à sable, mais de faire face à des tueurs qui n'avaient pas hésité une seule seconde à lui tirer dessus.

Elle imaginait sa détresse, prisonnier de son bunker high-tech, juste séparé de la menace ultime par une porte électronique que ces professionnels du braquage auraient tôt fait d'ouvrir. Lucas semblait être en roue libre, incapable de penser par lui-même. Ses déplacements erratiques de long en large dans le labo le disaient assez bien. Ils allaient devoir, Flavie, Tim et elle, jouer les tours de contrôle et trouver des solutions clé en main à lui proposer. Un peu comme quand le pilote et le copilote se sont évanouis et qu'un passager doit s'occuper de l'atterrissage. Dans le jargon, on appelle ça un « film catastrophe » !

Lucas, sur les conseils d'Emma, se dirigea vers les paillasses. Elles étaient scellées dans le sol, vissées, boulonnées, et il était impossible de les bouger sans le concours de Superman. Il tira dessus de toutes ses forces, des sanglots de rage et d'impuissance dans la voix, l'énergie du désespoir en bandoulière. En vain.

Emma allait composer le 17 quand la petite voix de Tim arriva, étrangement assurée dans l'oreillette.

– Lucas, pourrais-tu, s'il te plaît, arrêter de courir dans tous les sens deux secondes? Essaie de parcourir doucement tous les murs du labo, en douceur.

En guise de réponse, Lucas posa son regard sur l'écran qui lui renvoya l'image de ses futurs bourreaux à l'œuvre. Il se tassa et faillit retomber prostré, mais la voix de Tim reprit, encore plus douce :

– S'il te plaît Super Lulu, fais ça pour moi…

Lucas se força à quitter l'écran des yeux, laissa la console sur sa gauche et fit ce que Tim lui demandait. Il enchaîna une série d'une dizaine de pas chassés, le regard – et celui du drone – scrutant méticuleusement chaque centimètre carré de mur.

– Qu'est-ce que je cherche ?

– Un passage, une porte dérobée…

– Qu'est-ce que tu racontes, Tim ?

Emma se demandait où le petit génie voulait en venir.

– Jean-Marie James n'est pas un magicien que je sache…

– Non, mais…

– Non. Donc, quand il se volatilise en un battement de cils près du labyrinthe du jardin, j'en déduis qu'il a utilisé un passage connu de lui seul, un passage qui pourrait bien déboucher ici.

– Mais…

– Continue Lucas… Là, stop ! Mets-toi à genoux. Regarde !

Et tous virent ce que Tim avait d'abord élaboré dans son esprit affûté et qu'il voyait désormais en réalité. Le contour d'une porte très basse. Les pierres anciennes semblaient avoir été passées à la disqueuse ou au laser. C'était d'une discrétion totale, sauf pour Tim qui savait ce qu'il cherchait. Un cadre net, ultrafin mais bien réel, formait un rectangle qui partait du sol et montait à une hauteur d'un peu plus d'un mètre.

– Nom de Zeus ! Mais tu es un devin… Comment ça s'ouvre ?

Tim, 11 ans au compteur, autiste et génie, avait pris la direction des opérations.

– On recherche un mécanisme. Et comme il n'y en a pas d'apparent, il doit être intégré à la porte elle-même.

Lucas posa sa paume gauche sur la première pierre, en haut à gauche, sans résultat et répéta l'opération en comptant les pierres, puis eut une idée et alla jusqu'à la quinzième. Il appuya dessus. La pierre s'enfonça de dix bons centimètres et un bruit de meule accompagna la dalle lorsqu'elle pivota pour dévoiler un nouveau souterrain.

Lucas hurla.

Flavie hurla.

Emma sur-hurla !

15, comme le chiffre romain inscrit sur le pot en terre du petit Wollemia !

JMJ était un sacré lascar qui ne laissait rien au hasard.

Lucas avait déjà un pied dans le passage lorsque Emma l'arrêta.

– Eh ! Batman ! Avant de partir, récupère donc la clé USB et file donc à la paillasse numéro 2.

– Emma, bon sang, je ne reste pas une minute de plus ici, moi…

– Vas-y, fonce.

Il s'exécuta à regret, la clé USB en poche il se rendit devant la paillasse.

– Mets le col de ton sweet devant ta bouche et ton nez et racle doucement la surface de l'armillaire qui est dans le bac 5… Avec la cuiller qui est devant toi, ok, maintenant place toute cette poussière dans le bécher en verre qui est là… Voilà… Maintenant va le poser sur la poignée de la porte blindée…

Sans rien demander, Lucas posa délicatement le petit récipient en verre muni d'un bec, en équilibre sur la poignée de la porte.

– Je peux y aller maintenant ?

– Go !

La voix de Tim prit le relais, courroucée.

– Tu vas les tuer !

– Pas à cette dose, et pas en tombant au sol, mais ça va les intoxiquer en beauté et ils seront tellement mal qu'il leur faudra foutre le camp vite fait au risque de se faire arrêter.

– Qu'est-ce qu'il y a dans ce récipient ?

– Mycélium d'armillaire, une arme de destruction massive, hypertoxique, voire mortelle. Ça va les bouffer tout cru !

Emma exultait. Tim se tut. Flavie respira pour la première fois depuis au moins dix minutes. Elle était bleue.

Lucas pénétra dans le tunnel, ayant repris du poil de la bête. Emma réactiva la caméra infrarouge. Lucas compta les pierres sur la face arrière de la porte. À la quinzième, il fit pression. L'axe de la porte bougea et la dalle de pierre reprit sa place, invisible, dans la muraille !

Les dingueries se poursuivaient en mode fantômes…

Ils n'étaient même plus étonnés, ils n'en avaient ni le temps ni le loisir. Lucas s'enfonça dans le boyau, un tunnel en terre durcie à peine étayé, qui montait raide. La liaison avec le drone – et son oreillette – fut interrompue quelques secondes plus tard. Il s'en moquait. Le court faisceau de lumière projetée par *The Eye* éclairait son chemin. Il courait maintenant comme un dératé, à l'assaut de cet Annapurna nantais. Ça grimpait de plus en plus fort. Il essayait de mesurer la distance parcourue. 100, 150 mètres ? Au bout de cinq minutes de course, il arriva devant une échelle de coupée, du même modèle que celle qui descendait de chez JMJ au labo, cerclée d'anneaux de métal. Il s'y hissa comme s'il avait le diable aux fesses – c'était le cas – et, de sa main droite, poussa de toutes ses forces sur la dalle de béton qui était au-dessus de sa tête. L'air frais s'engouffra dans le tunnel comme une bouffée de printemps. La trappe fut retenue à 60 degrés et il émergea du sol comme une taupe de son gazon ! Il sut immédiatement où il se trouvait. Au sommet du jardin. Au point haut du labyrinthe végétal. Tim était le plus redoutable des observateurs, rien ne semblait devoir lui échapper. La liaison électronique reprit.

– Bien joué Tim. Tu es le James Bond de la botanique mon gars !

– La disparition subite de JMJ un jour de septembre m'est revenue quand tu as fermé la porte blindée. Il devait y avoir un autre accès, forcément.

– Tu m'as sauvé la vie...

La voix de Lucas se brisa.

– Tu es plus que mon frère maintenant, tu es mon protecteur céleste…

– Les superhéros ont parfois besoin d'un petit coup de main.

Flavie vint mettre un terme à leur échange :

– Enlève ta capuche, beau gosse, on va envoyer le drone en reconnaissance.

– Flavie ! Papa va nous tuer si on ne le ramène pas !

– On va lui ramener, mais j'aimerais avoir une vue des deux brutes avant qu'il ne soit trop tard.

Sa capuche baissée, Lucas sentit l'insecte électronique se détacher de ses cheveux et prendre son envol.

– Je peux avoir l'image ?

Il entendit Flavie jouer une sonate sur son clavier de gameuse.

– Regarde ton portable… C'est bon ?

– Merci Flavie !

– Merci à toi mec, tu as assuré.

Tous les quatre regardèrent par écran interposé le drone prendre de la hauteur et filer vers l'avenue des Trois-Frères. Flavie le manœuvra pour qu'il aille inspecter de haut la scène qui se jouait en bas. Emma ne s'était pas trompée. Les deux affreux sortaient de la maison en titubant, l'un, hélas de dos, remonta sa cagoule pour vomir, pris de convulsions terribles. C'était dégueu mais jouissif ! Ils franchirent ensuite la petite clôture, avancèrent en zigzaguant jusqu'à une BMW noire, s'y engouffrèrent tant bien que mal et mirent le contact. Flavie zooma sur la plaque minéralogique – véhicule de location, macaron du loueur sur le pare-brise – et ils assistèrent, impuissants, à la fuite en quatrième vitesse des malfrats, que *The Eye* ne pouvait suivre.

– Merde, on ne les reverra jamais…

– Oh si, on va les revoir. Lucas, t'es d'attaque pour une ultime mission ?

– Flavie, tu charries là…

– Allez quoi…

– Qu'est-ce que tu veux ?

– Si tu allais nous chercher la caméra que ces enfoirés ont laissée dans l'arbre de la haie, en face de la fenêtre cassée de JMJ ? Ces joujoux-là présentent généralement des failles de sécurité béantes, on pourra peut-être en tirer quelque chose.

Lucas respira à pleins poumons. L'air était chargé des odeurs douces du jardin. C'était comme respirer la vie elle-même. Les silhouettes des arbres immenses qui se découpaient sur le velours sombre de cette nuit sans lune lui donnèrent force et énergie. Le bruit de l'eau qui courait sur la rocaille, le souffle léger du vent dans les frondaisons, tout concourait à lui hurler qu'il était vivant, ancré dans ce monde, où l'animal et le végétal auraient du cohabiter et vivre en osmose.

Il alla jusqu'à l'entrée qui débouchait rue d'Allonville et, sans prendre de précautions, escalada la grille qu'il laissa derrière lui en deux-deux. Il avait franchi à vitesse grand V les étapes de sa formation d'agent super secret et il n'allait pas se laisser arrêter par ce genre d'obstacle. Flavie profita de sa course pour localiser la caméra, indiqua à Lucas son emplacement et il n'eut qu'à la cueillir en arrivant dans le jardinet de JMJ. Il la fourra dans son sac à dos sans ménagement et reprit le chemin du bercail avec le sentiment d'avoir passé deux mois en territoire hostile.

Sa sortie avait pourtant duré moins d'une heure !

Il arriva chez lui sur les jantes, parvint à se glisser dans sa chambre sans un bruit, se déshabilla et s'effondra sur son lit en lâchant pour ses trois amis un « Mission accomplie ! » qui marqua la fin de leur soirée.

La pression accumulée et relâchée les fit presque s'évanouir.

Flavie rapatria le drone et le remit en charge… Ce fut le dernier élément notable de cette soirée épique. Quatre puits de sommeil sans fond firent vibrer la nuit.

Récupérer pour affronter les nouvelles batailles qui s'annonçaient. Une nécessité dont ils allaient mesurer l'importance.

10
DATA

– Debout fainéant…

– Mmmmuuummmm !

– Allez, lève-toi Lucas !

– Peux pas…

– T'es malade ?

– Mmmmmuuuummmm !

Sa soirée lui revint en force et l'urgence de poursuivre leur effort, de garder ce petit temps d'avance sur les méchants, le piqua comme un aiguillon. Il bondit de son lit comme si on l'avait mordu, faillit percuter sa mère qui se trouvait sur sa trajectoire et il se jeta sous la douche, tourna le robinet. Et hurla !

Il avait oublié que l'eau chaude mettait toujours 20 secondes avant d'arriver.

Chez les Le Cunff, c'était à peu près la même ambiance. Les deux frangines trépignaient et étaient prêtes bien avant l'heure habituelle.

Leur père, beaucoup moins *new age* que leur mère, suspectait de vrais ennuis en approche. On devait lui reconnaître cela : il avait du flair.

Le consensus de la journée était : on sèche les cours et on boucle l'affaire. Flavie fut la première à décréter cette journée comme « journée *off* ». Elle en prendrait la responsabilité quand les parents arriveraient avec le martinet de la sanction et des punitions.

Sans possibilité de rester chez Flavie – les parents Le Cunff y travaillaient – il fut décidé que l'appartement de Lucas servirait de point de chute à la *dream team*. Seul Tim devrait se rendre à l'école. Ils en étaient malades tant l'apport de leur jeune compagnon avait été décisif la veille et son aide désormais nécessaire.

Tous prirent le chemin de leur école respective. Flavie était chargée comme un baudet – deux ordinateurs portables – et des disques durs en pagaille lui sciaient le dos.

Lucas sortit de chez lui à 8 h 30, vit sa mère prendre le chemin du travail et remonta à l'appartement dès que la voie fut dégagée. Il prévint les filles qui arrivèrent en ahanant.

Flavie transforma le salon de Claire Destac en annexe du Jet Propulsion Laboratory de Pasadena – le centre de contrôle des vols de la NASA – et arracha presque des mains de Lucas la clé USB et la caméra des méchants.

Elle enficha la clé dans son premier portable et lança le visionnage des enregistrements. Elle composa une mosaïque avec les différents fichiers afin de pouvoir suivre une douzaine de séquences simultanément. Elle se concentra sur celles du mois écoulé et surtout sur celle datée du jour où JMJ avait disparu.

À 4'30" ce jour-là, la caméra du jardin enregistra une intrusion et deux ombres furent visibles. La caméra du salon prit le relais et shoota les deux malfrats cagoulés qui retournaient toute la documentation de JMJ et faisaient valser les pots en terre. La scène était saisissante.

À 5'46", JMJ fut cueilli par la caméra du souterrain. Il sortait du labo comme un diable, refermait la lourde porte blindée et filait comme un missile vers l'échelle.

À 6'17", celle de la cuisine filmait un JMJ qui remettait le bahut en place et, moins de 10" plus tard faisait face à ses assaillants.

Ils eurent vite fait de le maîtriser, mais JMJ, avec l'énergie du désespoir, leur échappa et courut vers le salon. La séquence suivante projeta l'image d'un voyou en train d'asséner un violent coup sur le crâne de JMJ avec le pied d'une lampe et le vieux monsieur qui s'écroulait au sol.

La scène était muette, mais les trois spectateurs entendaient cris et bruits de lutte dans leur tête. Celui qui paraissait être le chef sortit un téléphone et composa un numéro qu'ils ne virent pas. Flavie arrêta l'image.

– Merde… C'est un Cryptax 900…

– Un quoi ?

Lucas avait besoin d'une explication de texte. Emma aussi.

– Son téléphone, c'est un Cryptax 900, le téléphone le plus sécurisé du monde. En France, la présidence de la République, les ministres et l'état-major utilisent le Teorem de chez Thalès, les Américains eux utilisent le Cryptax… C'est un modèle qui nécessite une habilitation secret-défense pour l'obtenir.

– Ces mecs, c'est la CIA ?

– J'en sais rien, mais en tout cas, ils disposent de matos qui sortent tout droit des labos de l'armée américaine.

Ils virent les méchants ligoter JMJ et celui qui l'avait assommé le mit sur son épaule comme s'il s'agissait d'un ballot de linge sale. La caméra du jardin prit le relais. Ils sortirent du champ de vision. Fin de séquence. Peu d'infos. Comme sur le reste des fichiers vidéo qui continuaient à dérouler leurs images vides.

Flavie brancha ensuite la caméra sur son ordinateur. Il n'y avait pas d'images enregistrées, mais ce n'est pas ce qu'elle cherchait. Elle, ce qui l'intéressait, c'était l'adresse IP où le joujou envoyait ses données. Après quelques manipulations adroites, la jeune fille jura, s'arrêta pour réfléchir, relança ses doigts sur le clavier, les regarda avant d'appuyer sur « Entrée ». L'écran de son PC se couvrit immédiatement d'histogrammes qui commencèrent à évoluer.

– Vous avez en direct une remontée dans l'historique de toutes les adresses internet qu'a utilisées la caméra pour envoyer ses données à son destinataire final, en brouillant les pistes naturellement. D'une adresse à l'autre, puis encore et encore. France, Australie, Chine, Danemark, Suède, USA, Japon, Russie, Ukraine…

– Comment as-tu fait ?

– J'ai utilisé un logiciel de tracking gracieusement offert par les Virt' !

Sur une carte du monde en bas de son écran, les chemins pris par les données offraient un parcours aléatoire extraordinaire, susceptible de leurrer les meilleures équipes. Mais pas les Virt'.

Au bout d'une minute, l'animation se figea. Le dernier point, l'adresse du destinataire : Orvault, banlieue de Nantes. Près de l'ancien site Alcatel qui abritait désormais la plus grosse ferme à bitcoins de France. Flavie entra l'adresse dans l'appli « Plans ». Une image leur parvint immédiatement. Un immense bâtiment industriel blanc anonyme, sans logo ni indication d'aucune sorte.

– Ils sont là.

Emma et Lucas se regardèrent. Était-ce possible ?

– Il faut y aller. Je suis sûr que JMJ est retenu là-bas…

– Calmos Lucas. On ne part pas au feu sans préparation. On va d'abord fouiller un peu dans les dossiers de JMJ…

Flavie inspira profondément et opéra une plongée dans tous les fichiers textes et images que Lucas avait copiés la veille. Au bout d'un gros quart d'heure, Emma l'arrêta d'une main sur l'avant-bras.

– Là !

– Quoi ?

Il s'agissait d'une simple note de quelques lignes, visiblement le fruit des réflexions de JMJ au moment de la sortie de VEGETALS.

La jeune fille lut à voix basse.

Elle poussa un cri.

Elle venait de comprendre. De tout comprendre.

C'était énorme. C'était monstrueux.

11
VEGETALS

Flavie et Lucas se pétrifièrent et dardèrent des regards immenses sur Emma. Silence. Flavie lut à haute voix les quelques lignes qui avaient provoqué la réaction d'horreur chez sa cadette :

« Le groupe Hookle investit massivement dans les biotechnologies. »

« Prise de participations par le moteur de recherche dans le géant des pesticides Marabon : "MaraTree Crops Science", spécialisée dans les engrais organiques et de X-Venture Seeds, détenteur d'une expertise unique en matière de semences génétiquement modifiées : POURQUOI ???? »

« Place de VEGETALS dans tout ça ???? »

« ET DU JARDIN HOOKMAN ???? »

« MaraTree réussit à synthétiser et produire de l'essence de bois pur à 100 % »

COUPLÉ AVEC DES BOLETS =
ARMILLAIRE INDÉTECTABLE????
CATASTROPHE!!!!!!!!!!!!

– Qu'est-ce qu'il y a ? Emma, réponds-nous…

Lucas lui parlait tout doucement, comme on le ferait à l'oreille d'une patiente à l'agonie. La jeune fille était exsangue. Elle avait le souffle court et elle était pâle comme la mort.

– C'est Hookman… C'est lui qui dirige tout ça. Il veut faire main basse sur le vivant et tuer les jardins.

– Explique-toi plus en détail s'il te plaît. Le superhéros que je suis est un peu long à la comprenette ce matin !

– J'ignorais que le groupe Hookle avait pris des parts dans Marabon, mais cela éclaire notre affaire d'une lumière crue… Ce mec est un salaud !

Flavie revint à la charge :

– Em', ma cocotte… On ne comprend rien…

La jeune fille inspira un grand coup et lâcha le morceau, d'une traite :

– Hookle a décidé de tuer toutes les espèces rares conservées dans les grands jardins botaniques tout en rendant difficile l'entraide entre eux en saccageant le système d'information qui les relie. Il sait que ces institutions n'ont pas de gros moyens financiers et qu'elles mettront des mois avant de pouvoir dissiper ce brouillard et s'organiser. Il met à profit ce laps de temps pour voler les graines rares afin de devenir le seul détenteur de ces souches. Il les veut en exclusivité pour son jardin de Miami. Et sans doute a-t-il en projet d'en construire d'autres, en Europe et en Asie. Il sait qu'en asséchant le vivier de graines des conservatoires, ces derniers vont se tourner vers lui pour en récupérer. Ce qu'il refusera de faire. Ou le fera médiatiquement, mais en s'assurant que la germination soit impossible, car il les aura trafiquées pour les rendre stériles. C'est pour cette raison qu'il a fait l'acquisition de X-Venture Seeds. Cette boîte est spécialisée dans la biogénétique et s'est faite une sale réputation - et beaucoup d'argent - en commercialisant des graines stériles qui obligent les paysans à racheter des semences pour chaque récolte. Lui seul pourra les faire germer. Il deviendra alors celui qui détient la meilleure expertise, l'homme par lequel il faut passer pour travailler le vivant. Il continuera d'envoyer ses sbires empoisonner les jardins pour les tuer à petit feu, faisant pâlir leur étoile afin d'en capter le public, les missions et le soutien des pouvoirs publics. Mais à titre privé et contre bon argent.

– C'est son seul mobile ? L'argent ?

– Non, je ne pense pas, même si c'est une donnée qui doit avoir son importance. Ce qu'il veut surtout, c'est le pouvoir. Le pouvoir sans partage, comme pour son foutu moteur de recherche. Nous sommes entrés dans l'ère de la sixième extinction de masse : le vivant décroît à vitesse grand V, le nombre d'espèces animales et végétales qui disparaissent explose. Imaginez, dans ce contexte, être le détenteur d'une collection unique au monde de végétaux et de graines qui auront disparu partout ailleurs. Tout en étant, par ailleurs, le seul capable de faire pousser ces plantes. Vous êtes le maître. Le maître absolu.

– Mais Emma, nous parlons ici de jardins botaniques… Et même si leurs missions sont cruciales, leur poids, par rapport à l'agriculture, est infime… Le vrai pouvoir sur le vivant se trouve là, non ?

– Tu as parfaitement raison, Flavie. Mais en tuant les jardins, vitrine du vivant auprès du public citadin et des États, et en démontrant son expertise dans le domaine des cultures complexes, Hookman pense pouvoir atteindre le statut de grand sorcier des biotechs. Une position qui lui permettra ensuite de faire main basse sur des pans entiers de l'agrobusiness. Son rapprochement avec Marabon, la plus grande firme de pesticides du monde, est déjà en marche et je peux vous garantir que cela ne s'arrêtera pas avec le rachat d'une de leurs filiales. Vous imaginez ? Une alliance Hookle/Marabon ? C'est la mise sous cloche de tout le vivant. Et Hookle y travaille. Leur place unique de mastodontes technologiques et leurs milliards leur ouvrent une voie royale…

– Et Vegetals dans tout ça ?

– C'est un coup à trois bandes, comme au billard, un coup marketing génial et démoniaque. Hookle crée une relation quasi passionnelle entre les gens et certaines plantes qu'ils s'approprient. Quand il sera le seul à pouvoir les montrer, physiquement, il détiendra un pouvoir d'attraction gigantesque sur les foules. Et en plus, cet enfoiré gagne des tonnes d'argent en le faisant, argent qu'il investit dans la création de son jardin et en acquérant du poids dans le domaine des biotechs…

Le silence qui suivit fut assourdissant. Le raisonnement d'Emma était d'une logique imparable. C'était ahurissant d'audace et de cynisme, et pourtant tout se tenait si bien qu'il semblait impossible de pouvoir mettre quoi que ce soit en doute. « Cette fille est un génie et Hookle un fumier d'éco-terroriste planétaire », pensa Lucas. Sentiment que partageait Flavie. Sa frangine venait de leur délivrer une analyse d'une profondeur et d'une complexité inouïe.

Toutefois, il manquait le plus important : les preuves.

– C'est brillant Emma, mais nous n'avons pas l'ombre d'un commencement de preuve.

– C'est juste, Flav'. Mais nous allons les trouver. Tu viens de nous en donner les moyens et l'endroit.

– Pardon ?

– Nous allons les trouver… là !

De son index, Emma pointa le long bâtiment blanc anonyme :

– Maintenant nous savons où chercher et ce que nous devons trouver.

– Et qu'est-ce qu'on doit trouver ?

– D'abord JMJ puis le Cryptax.

– Le Cryptax ?

– Oui, il y a fort à parier que les affreux ne rendent compte qu'à Hookman et à lui seul, et que les traces de leurs échanges soient dans le téléphone du chef salaud !

Lucas bondit de sa chaise :

– En avant !

Mais il fut cueilli par la sonnerie du téléphone de la maison. Il saisit le poste et vit le numéro de sa mère.

– On a intérêt à faire vite. Les autorités viennent de déclencher l'alerte séchage de cours !

Ils plièrent le camp en deux temps, trois mouvements, larguèrent les ordis de Flavie sous le lit de Lucas et dévalèrent les escaliers, direction la gueule du loup !

– On y va comment ?

– En fiacre. On file gare-sud et on en attrape un !

– En quoi ?

– En taxi...

Flavie se révélait bien plus drôle et originale que prévue. Emma, en même temps qu'elle maudissait Hookman pour son rôle de tueur en série, bénissait cette aventure hors du commun qui l'avait rapprochée à ce point de sa sœur. La famille Le Cunff progressait fissa sur la voie de la rédemption familiale.

Ils traversèrent la gare comme s'ils allaient rater leur train, émergèrent au sud et foncèrent vers la tête de station. Le chauffeur d'un mini-van Mercedes noir, les voyant arriver au galop, fit coulisser la porte latérale et se mit au volant, un œil amusé dans le rétro devant cet attelage incongru.

– Où va-t-on ?

– Avenue Claude-Antoine-Peccot, à Orvault.

– À quel numéro ?

– On vous arrêtera. On n'a pas le numéro, mais on reconnaîtra le bureau de notre mère.

Flavie avait sorti ça avec un tel naturel que le chauffeur s'en contenta et démarra. La circulation était redevenue à peu près fluide après les embouteillages du matin, et l'habileté du conducteur à s'immiscer dans le flux de véhicules fit le reste. En moins de 20 minutes, la petite équipe était en approche.

– Excusez-moi monsieur, vous pourriez ralentir, que je reconnaisse l'endroit ? Je ne suis venu qu'une fois…

La Mercedes décéléra et se mit en maraude. Flavie jaugeait l'endroit d'un œil expert.

– Stop. C'est là.

– Ok…

Elle sortit une carte bleue de son sac et la tendit au chauffeur qui la posa sur son terminal. Une fois le paiement effectué, les trois adolescents sortirent du véhicule. Soleil d'automne, température d'été : 14 degrés à 10 h 30 du matin à la mi-octobre à Nantes. Cette année allait encore figurer au palmarès des plus chaudes de l'histoire, n'en déplaise aux climato-sceptiques qui, du Brésil aux États-Unis, occupaient désormais les plus hautes fonctions, arrivés au pouvoir sur les ailes du mensonge et de la démagogie.

– Venez !

Flavie ouvrait la marche, l'œil sur l'écran du GPS de son téléphone. Quelques minutes plus tard, ils étaient au cœur d'un quadrilatère de bâtiments industriels et commerciaux, coincés entre des échangeurs qui laissaient dans l'air bruits sourds et odeurs d'essence.

– C'est là-bas.

À moins de 100 mètres, le grand rectangle blanc anonyme s'insérait en toute discrétion dans son environnement suburbain. Il paraissait bien inoffensif. Lucas huma l'air en mode guerrier des plaines respirant l'odeur de la victoire et du sang. Pourtant, et contre toute attente, il fit une proposition singulière :

– Que penseriez-vous d'appeler les deux inspecteurs ?

– Quoi ???

Emma ne le suivait pas.

– On vérifie que les preuves sont là. Que JMJ est là. Et si c'est le cas, on appelle la cavalerie.

Le souvenir de sa presque exécution de la veille l'avait rendu prudent. Flavie acquiesça.

– C'est une bonne idée. On fait ça.

Ils s'approchèrent en longeant les murs d'enceinte d'usines et s'arrêtèrent loin en amont. Il était presque certain que les affreux avaient installé des caméras de surveillance. Mieux valait ne pas se faire griller avant d'avoir pu envisager un moyen d'entrer. La seule zone de vie visible était un bureau de tabac dont la carotte rouge clignotait par intermittence à une cinquantaine de mètres sur leur droite.

Flavie sortir *The Eye* de son sac. La libellule allait reprendre du service. Elle la posa délicatement sur le capot d'une voiture, lança l'appli à partir de son téléphone et mit l'insecte en route.

Cachés dans un renfoncement, Emma, Flavie et Lucas assistèrent à un vol de reconnaissance parfait. Flavie maniait l'engin avec grâce. Un premier survol leur apprit que la BM noire des tueurs était garée sur un petit parking à l'arrière du bâtiment, invisible depuis la route. Un second survol, réalisé à plus basse altitude, leur permit de découvrir une fenêtre coulissante entrouverte, installée à environ six mètres du sol, ce qui devait correspondre à une salle située au premier étage.

Impossible pour eux d'y parvenir. *The Eye* devrait y aller seul. Flavie pilota le drone jusqu'à cette ouverture et l'y posa délicatement.

La libellule leur offrit un plan large d'un bureau vitré, encombré d'ordinateurs dernier cri. Derrière, une paroi vitrée et une passerelle qui passait au-dessus d'un immense entrepôt dont ils ne voyaient presque rien.

Faire entrer le drone ? Risqué.

La porte vitrée était fermée. Il pourrait juste faire un tour dans le bureau pour tenter de leur offrir une meilleure vue de ce qui était – ou non – stocké en bas. Les trois ados n'avaient pas besoin de parler pour comprendre la situation. Flavie les interrogea du regard.

– Fais-le, lui murmura Emma.

The Eye s'éleva d'une dizaine de centimètres et pénétra à faible allure dans le bureau. L'insecte fit un tour, prit de la hauteur et Flavie le bascula vers l'avant pour avoir une vue plongeante sur le rez-de-chaussée. Des cartons empilés. Blancs, sans aucune mention. Trois cubes blancs de 3 mètres sur 3 et 2 de haut étaient dispersés dans l'entrepôt, des bureaux, comme des dés, jetés sur le tapis de jeu d'un géant.

Dans l'un d'eux, JMJ ? Dans les autres, les méchants ? Cela ne leur apprenait rien. Il allait falloir entrer. Tous les trois le savaient.

– Je vais cramer leur bagnole, ça va les faire bouger.

Emma et Flavie tournèrent la tête pour voir si Lucas était drogué.

– T'es sérieux ?

– Absolument. Je me débrouille pour foutre le feu à leur saloperie de char d'assaut et vous, vous vous glissez dans le bâtiment, que vous refermez derrière vous. Au moment où ça commence à rôtir, on prévient les flics.

– T'es complètement dingue.

– Oui.

Lucas ne leur laissa pas le temps de répondre et partit comme une fusée vers le bar tabac.

– Merde, il est complètement cinglé ton mec !

– Ce n'est pas mon mec…

– J'ai comme l'impression que c'est en cours.

Flavie poussa sa cadette du coude et lui sourit, complice.

– On y va.

Emma fila à son tour, Flavie sur ses talons.

Lucas ressortit quelques instants plus tard, les regarda et prit la direction de l'entrepôt. Le « futur mec d'Emma » avait acheté un briquet et prélevé dans les toilettes un rouleau de papier-cul d'un rose pimpant. « Il me faut une grosse pierre, pour que je puisse éclater une vitre. »

Il la trouva sous la forme d'une vieille brique bien lourde qu'il prit dans sa main. Grisé par le dénouement proche et la volonté de se venger de la veille, il cavala comme un dératé, bifurqua dans l'allée qui contournait le bâtiment par l'arrière, sans prendre de précautions. Il n'avait plus le temps ni la possibilité d'être prudent. Lucas était passé en mode guerre-éclair. En mode blitzkrieg.

Il courut à demi courbé vers la BM. Pas de cri, pas de « Hé, toi, là-bas, qu'est-ce que tu fous ? » et alla se cacher contre le flanc de la voiture opposé à la façade. Il prépara son cocktail Molotov du pauvre en dévidant un kilomètre de papier toilette qu'il enflamma, prit une profonde inspiration et se redressa, brique en main. Il assena un coup de caillasse énorme sur la vitre arrière droite qui explosa en mille morceaux. L'alarme du véhicule rugit aussitôt et Lucas, sans s'en préoccuper, balança le papier qui commençait à cramer fort, en prenant garde de bien en mettre sous les sièges. Il déguerpit aussi sec.

– Eh, mais ça va pas non, espèce de salopiot de vandale !

L'un des méchants – qui parlait français donc – était à la fenêtre et hurlait comme un possédé.

– Reviens ici, enfoiré !!!

– Compte là-dessus, face d'huître...

Le rideau de fer de la façade commençait à se soulever quand Lucas réintégra l'allée à la vitesse d'une balle de fusil. Les filles n'étaient nulle part.

Malignes, elles avaient contourné le hangar par le côté opposé. Une fumée âcre et blanche s'élevait maintenant de la BM et des flammes lourdes consumaient déjà le cuir des sièges et les plastiques des planches de bord.

La bagnole cramait. Grave.

Emma appela le commissariat, et demanda à ce que l'on prévienne les inspecteurs Degois et Martineau qu'un drôle de sinistre, en lien avec la disparition de l'avenue des Trois-Frères, avait lieu à Orvault, à l'angle des rues Peccot et Jules-Verne, puis raccrocha. Le premier pourri se mit sur les talons de Lucas, qui accéléra sa course. Le second se précipitait vers le véhicule, extincteur à la main.

Emma et Flavie en profitèrent pour longer la façade en courant, dans le dos du pompier de service. Elles entrèrent comme deux furies dans le bâtiment et Flavie se jeta sur la commande du volet qu'elle actionna avec force.

Le lourd rideau de fer s'arrêta à mi-course et entama sa descente. L'homme du feu, trop occupé à essayer de circonscrire l'incendie, ne vit rien. Il dut reculer quand le feu se dilata soudainement. Il allait perdre son combat contre les flammes, il venait de s'en rendre compte. Il s'éloigna précipitamment. Une explosion sourde souleva le lourd châssis du sol : la BM venait de sauter !

Et lui se retrouvait cul par-dessus tête, la face noircie et désormais seul sur son parking, enfermé dehors ! Il jura dans trois langues différentes, se releva et courut vers le rideau sur lequel il s'écrasa en tambourinant.

– Ouvrez ! OUVREZ IMMÉDIATEMENT OU J'APPELLE LA POLICE.

– Elle est en route, Ducon !

Emma sourit à sa sœur.

– Il faut qu'on trouve JMJ !

– Les bureaux…

Les deux sœurs se lancèrent à l'assaut du premier pendant que Lucas, le deuxième tueur sur les talons, arrivait près du tabac. Il hurlait.

– Au secours !!! Aidez-moi. Il a essayé de m'agresser. C'est un pervers !

Deux chauffeurs livreurs qui venaient de larguer leur camion et débouchaient dans la rue s'interposèrent entre Lucas et son poursuivant.

– Laissez-moi passer, ce petit salaud a foutu le feu à ma voiture… POUSSEZ-VOUS, BON DIEU.

– Pas si vite, l'ami. Le petit dit que tu as essayé de l'agresser…

Le gars de droite, un malabar d'1m95, taillé comme une armoire à glace, l'empoigna par le col.

– LÂCHEZ-MOI !!! REGARDEZ LA FUMÉE BON SANG !

Lucas profita de cette aide venue du ciel pour accélérer encore et bifurqua dans la rue du Commandant-Charcot comme si sa vie en dépendait. Il vit un bosquet sur sa gauche et s'y précipita. Ses poumons étaient en feu. Ses jambes sciées par l'effort. Il n'en pouvait plus.

– Excusez-nous, on ne pouvait pas savoir…

Le tueur se remit en route, mais c'était trop tard. Lucas avait fait corps avec le bosquet, tapi sous une branche basse qui le rendait invisible.

Dans l'entrepôt, les filles s'étaient partagé les tâches. Emma bataillait avec les portes des bureaux du rez-de-chaussée pendant que Flavie fouillait les poches du blouson accroché au dossier d'une chaise de la cage vitrée du premier.

– Bingo !

Elle préleva le Cryptax 900, d'un poids conséquent, et l'alluma. Le mec était si sûr de sa tranquillité qu'il ne l'avait pas verrouillé. Elle fila dans la messagerie. Et envoya l'intégralité de son contenu vers sa propre boîte mail.

– Hookle, t'es foutu !, murmura-t-elle

– Flav', vient m'aider, il est là !

Dehors, les premières sirènes retentissaient. Pompiers ? Ou flics ?

Flics ! Qui déboulèrent sur le parking en dérapages contrôlés, et sortirent de leur véhicule en mettant en joue l'homme qui tapait toujours sur son volet. Le bruit de l'incendie avait couvert leur arrivée. Il n'entendit pas leur sommation et fut très surpris quand une main gantée s'abattit sur son épaule.

– À genoux monsieur, n'opposez pas de résistance je vous prie…

– Mais…

Une autre voiture sillonnait le quartier le gyrophare en action. Lucas, voyant l'éclair bleu passer près de lui, bondit de sa cachette et se jeta devant le véhicule. Le brigadier au volant jura comme un charretier et pila.

Lucas, bras en croix sur le capot, lui fit son plus beau sourire. Il n'avait jamais été aussi content de prendre une voiture dans les tibias !

ÉPILOGUE

– Qu'est-ce qu'on fait là, JMJ ?

– On herborise mes amis, on herborise...

Emma et Lucas étaient dans le sillage du botaniste-chimiste, sa grande silhouette projetant son reflet tremblé dans l'eau calme de l'Aff, une jolie petite rivière qui traversait le bourg de La Gacilly, au sud de l'Ille-et-Vilaine. Les vacances de la Toussaint, et cette balade au grand air, étaient une parenthèse bienvenue après leur folle aventure. Même si les deux ados se demandaient pourquoi JMJ les avait amenés ici.

En 8 jours, il avait repris de la vigueur. Il conservait un bleu sous la pommette gauche et un bandage – discret désormais – sur le haut du crâne, mais sa démarche était assurée et son port de tête redevenu altier.

Coquet, il dissimulait son pansement sous un chapeau à larges bords et avait revêtu un costume en tweed et lin qui lui donnait l'allure d'un *gentleman farmer*.

Il s'était écoulé une grosse semaine depuis sa libération. Une semaine explosive.

Ils avaient retrouvé Jean-Marie James attaché sur un lit boulonné au sol du bureau numéro 2. Il était mal en point, mais son sourire était pourtant bien là quand ses sauveurs étaient rentrés dans sa prison cubique et nue, après avoir fait sauter la porte avec l'aide de la police. Il les avait accueillis avec un flegmatique « Vous en avez mis un temps pour arriver mes amis », avant de s'évanouir.

Le deuxième truand avait été cueilli sans accroc quelques minutes après son complice. Lucas, grimpé dans la voiture de police, l'ayant aperçu cavalant au milieu d'une friche au fond de la zone industrielle.

La perquisition du local apporta la preuve de cambriolage à la graineterie du Jardin des plantes de Nantes. Des échantillons de graines furent retrouvés en masse. Le fichier vidéo des images de *The Eye*, remis discrètement à la police, vint confirmer efficacement les preuves récoltées à Orvault.

Dès lors, le diabolique édifice patiemment construit par Hookman s'effondra comme un château de cartes.

Flavie remit l'intégralité des données récupérées dans le Cryptax à la brigade de répression des fraudes qui arriva sur place 50 minutes après le début de l'intervention, brigade qui eut vite fait de remonter jusqu'au milliardaire.

Une notice rouge d'Interpol fut aussitôt émise – un mandat d'arrêt international – et Hookman arrêté l'après-midi même. Le scandale fut planétaire.

Flora Estevez – EF – cria au complot, puis tenta de prendre ses distances avec son criminel de mari. Sans succès. Des échanges prouvèrent qu'elle était au courant. C'était pitoyable et Emma comprenait mieux ce qui reliait ces deux-là : le cynisme, l'arrivisme et la conquête de la toute-puissance.

Le conseil d'administration du groupe Hookle débarqua Hookman de la présidence sans ménagement, jurant n'avoir été au courant de rien, puis publia quelques heures plus tard un communiqué indiquant que l'entreprise technologique, leader mondial de l'Internet, se retirait de toute activité liée aux biotechnologies. Le cours de bourse fut chahuté mais résista finalement assez bien.

Les milieux d'affaires voulaient croire à la théorie de la branche pourrie et à l'innocence de l'entreprise, poule aux œufs d'or d'actionnaires très puissants qui n'avaient aucune envie de voir leur investissement partir en fumée.

Vegetals fut purement et simplement débranchée.

Emma, Flavie, Tim et Lucas restèrent dans l'ombre, à la demande expresse de JMJ, rejoint par les parents des intéressés.

La police en fut très satisfaite. Elle s'attribua les mérites de l'opération et les inspecteurs Degois et Martineau prirent du galon. Ils remercièrent Emma et Lucas avec une effusion rentrée, sachant ce qu'ils leur devaient, à savoir une belle accélération de carrière.

Après une engueulade de pure forme, les parents d'Emma et Flavie félicitèrent chaudement leur progéniture qui ne se quittait plus.

Claire, la mère de Lucas, arriva en trombe après que la police l'eut informée des derniers exploits de son fils. Elle était partagée entre la colère et l'admiration, et ce fut finalement la seconde qui l'emporta.

Elle le serra longuement dans ses bras en lui murmurant qu'elle était fière de lui. Lucas était sur un nuage.

Les jours suivants virent une accélération significative sur le front de la lutte contre le virus infestant le système d'information. Les Virt', mis à contribution par une Flavie désormais sous contrat avec l'association des Jardins botaniques francophones, traquèrent, circonscrirent et tuèrent le monstre. Les à-côtés des informations glanées dans le Cryptax les y aidèrent considérablement. Le soleil était de sortie, la botanique et le vivant connaissaient un répit.

– Dites, Jean-Marie James, comment ces affreux ont-ils réussi à rendre l'armilliaire indétectable ? Avec un extrait de bolet ?

Dire que la question de Lucas – et son hypothèse – surprit JMJ était peu dire. Il n'avait jamais montré de penchant pour les sciences en général et ni pour la botanique en particulier. Emma répondit du tac au tac :

– Bien vu beau gosse ! Le concentré d'essence de bois dopait le champignon qui s'en nourrissait, puis un fongicide prenait le relais pour l'anéantir et, enfin, des spores de bolets étaient libérées pour effacer toute trace de sa présence. Le crime botanique parfait en trois réactions de chimie organique simple.

JMJ siffla, admiratif :

– Bravo, vous ne me décevez jamais…

Lucas osa une question qui le taraudait depuis la libération de JMJ :

– Navré pour cette question un peu tranchante, JMJ, mais pourquoi les méchants ne vous ont-ils pas… enfin…

– Fait disparaître ?

– Oui, voilà, c'est ça… disparaître…

– Grâce à toi !

– Pardon ???

– Ils savaient que je cultivais, dans ma serre-armoire, quinze spécimens de chaque espèce menacée qu'ils convoitaient. Mais, comme tu le sais mieux que personne, il manquait le quinzième pin Wollémia quand ils sont venus – puisque je te l'avais donné. Ils voulaient absolument savoir à qui je l'avais confié pour le récupérer, sinon leur mission aurait été incomplète. Donc ils devaient me faire parler avant de me faire disparaître… et ils ont été, disons, très insistants…

Le regard de JMJ se voila un instant, sans doute en repensant aux tourments que ses geôliers lui avaient fait subir. Emma décida de chasser ce mauvais souvenir.

– Maintenant que nous sommes amis, nous donneriez-vous votre vrai nom ?

– Certainement, mais pas tout de suite… Suivez-moi.

La grande carcasse accéléra le pas sur le chemin de halage et s'arrêta devant un chapelet de longues vedettes fluviales amarrées à la berge. Il posa un pied sur le plat-bord de l'une d'elles, identique aux autres, et se retourna.

– Vous venez ?

Emma et Lucas se regardèrent interdits. Lucas sauta à bord d'un bond leste et tendit la main à Emma qui s'en saisit. Leurs yeux s'aimantèrent. La main d'Emma serra fort celle du garçon qui l'attira doucement vers lui et se coula dans ses bras deux secondes de plus que nécessaire…

À peine embarqués, un homme trapu sortit de l'habitacle, défit les amarres et se mit à la barre. Le moteur bourdonna et la vedette partit à faible vitesse sur l'Aff.

Jean-Marie James se glissa à l'intérieur de la cabine. Elle était spacieuse, meublée avec goût et deux hommes s'y tenaient déjà. Sur la table du carré, un dossier en cuir frappé des initiales « GDJDR » surmonté d'un bateau coiffé d'un mât fleurdelisé.

– Messieurs, permettez-moi de vous présenter Emma et Lucas.

Les deux hommes – de l'âge de JMJ ou à peu près – se levèrent et les saluèrent en inclinant légèrement leur buste.

– Emma, Lucas, laissez-moi vous présenter Flavius Lavoisier et Bastien Le Nôtre.

– Ben voyons…

Emma avait murmuré cela pour elle-même mais l'exiguïté de la cabine rendit cela très audible pour tous. Des noms de jardiniers tout droit sortis de l'Histoire… JMJ pouffa discrètement et la regarda avec malice.

– Emma, Lucas, vous avez devant vous trois éminents membres de la Guilde des Jardins du Roy, créée par mon aïeul, Pierre Chirac…

– Vous êtes… Vous êtes le descendant de Pierre Chirac, le jardinier de Louis XV ?

– Tu ne me déçois jamais, Lucas !

Emma était stupéfaite :

– GDJDR… La Guilde des Jardins du Roy ! Bon sang…

– Oui, dont la mission, qui était au départ de protéger les végétaux royaux arrivants d'outre-mer, évolua jusqu'à un panel d'actions plus larges et, disons, moins monarchistes…

– Qui êtes-vous ? Une société secrète ?

– Oui. Dont la mission est désormais de veiller sur le vivant et tout mettre en œuvre pour tenter d'enrayer le déclin des espèces que l'homme, dans son aveuglement, est en train de précipiter…

– C'est… C'est… C'est complètement ouf !

JMJ s'empara de la chemise en vieux vélin qui était posée sur la table et la tendit aux adolescents.

– Ouvrez-la.

Fixant le vieux monsieur de toutes leurs prunelles, ils tendirent la main de concert. Lucas laissa à Emma le soin de s'en emparer. Elle ouvrit le rabat. À l'intérieur, un simple paragraphe écrit sur une feuille épaisse portant l'estampille de la Guilde.

JMJ récita ce qui s'y trouvait écrit :

– Si vous l'acceptez, la Guilde vous nomme au titre d'enquêteurs spéciaux de plein exercice. Ce qui signifie que vous mettrez vos qualités et votre courage au service de la protection du vivant et que vous disposerez, pour vous y aider, de tous les moyens dont dispose la Guilde, en France et partout dans le monde. L'acceptez-vous ?

Emma consulta son jeune compagnon du regard. Par les fenêtres en plastique de la vedette, ils apercevaient les lourdes branches des ormes et des chênes suspendues au-dessus de l'eau et à leur décision…

Le regard verrouillé sur leur amour naissant, ils répondirent oui dans un souffle.

Emma et Lucas venaient d'intégrer la Guilde. Leur vie tout entière allait s'en trouver changée. Radicalement.

FIN

POSTFACE DE ROMARIC PERROCHEAU

Président de l'association des Jardins botaniques de France et des pays francophones

ENQUÊTES AUX JARDINS

Les empoisonneurs

Écrire la postface d'un roman policier, à plus forte raison quand il s'agit d'un polar pour ados, n'est pas vraiment dans mes habitudes. Toutefois, quand les éditions du Rocher jeunesse sont venus me voir avec ce projet visant à installer des énigmes policières très contemporaines dans les grands jardins botaniques francophones, j'ai tout de suite été conquis par cette manière originale de sensibiliser les jeunes générations aux questions de biodiversité. Nos jardins, qui sont d'abord des espaces de plaisir où le public peut découvrir la beauté du vivant à travers de vastes collections d'espèces végétales, sont également des lieux où tout un chacun apporte avec lui ce qu'il est. Dans nos jardins, les gens se promènent, regardent et découvrent des milliers d'espèces végétales. Les singularités de spécimens rares ou communs illustrent l'extrême diversité adoptée par la flore, après des milliers d'années d'évolution, pour réussir à croître dans tous les pays du globe. Mais dans nos jardins, les enfants – et leurs parents – profitent des pelouses et des célèbres bancs publics pour échanger, s'embrasser ou simplement lire. Quoi de plus logique alors que de réunir ces activités au sein d'un objet littéraire singulier, unique; le polar botanique! Le premier volet de ces *Enquêtes aux jardins* qui prend racine dans le Jardin des plantes de Nantes, lieu de résidence connu d'artistes célèbres tel que Claude Ponti, offrira aux enfants et aux parents un récit de fiction mené à 100 à l'heure écrit par deux auteurs qui connaissent leur sujet – le polar – et qui révèlent avec intelligence notre passion et notre connaissance du monde des plantes. Cette aventure incroyable, pleine de rebondissements et de questionnements sur notre société contemporaine, donne également à voir l'envers du décor d'un des grands jardins botaniques français. Le travail des femmes et des hommes qui oeuvrent 365 jours par an depuis plus de cent ans pour garantir la beauté du Jardin et la santé des végétaux, les missions de médiation et de transmission des connaissances pour tous, leur fonction de conservatoires des espèces… Je forme des vœux pour que cette première *Enquête au jardin* ouvre la voie à d'autres récits mettant en scène ces deux héros intrépides – Emma et Lucas – et permettent au plus grand nombre de découvrir toute la beauté et l'intelligence que recèle une nature fabuleuse mais malheureusement en recul. *Enquêtes aux jardins* est une initiative salutaire et passionnante et *Les Empoisonneurs*, le premier volet de cette série, un polar haletant qui est aussi une initiation ludique à la botanique et un outil de choix pour sensibiliser les jeunes aux questions cruciales de respect du vivant.

TABLE

DÉCOUVREZ ÉGALEMENT
DANS LA COLLECTION PLEIN VENT

Achevé d'imprimer par CPI,
en octobre 2021,
N° d'imprimeur : 2061267

Dépôt légal : avril 2021

Imprimé en France